Ein knappes Fünftel aller Erzählungen Hermann Hesses sind Liebesgeschichten, und nahezu jedes zehnte seiner Gedichte ist ein Liebesgedicht. Auswahlbände mit den schönsten dieser Texte haben wir unter dem Titel »Liebesgeschichten« als suhrkamp taschenbuch 2400 und unter dem Titel »Wunder der Liebe. Liebesgedichte« als insel taschenbuch 2263 vorgelegt. Doch damit ist dieses Thema keineswegs erschöpft. Die erste Gesamtausgabe Hermann Hesses enthält darüber hinaus noch fünf weitere Liebesgeschichten aus dem Nachlaß des Dichters. Es sind frühe Erzählungen aus den Jahren 1900 bis 1909, die in den vorliegenden Sammelband aufgenommen wurden. Dazu gehört der kleine Roman »Der Dichter. Ein Buch der Sehnsucht« sowie die Erzählungen »Jasminduft«, »Ein Erfinder«, »Maler Brahm« und »Wärisbühel«.

»Glück ist Liebe, nichts anderes«, schrieb Hesse 1918. »Wenn der Mensch gut sein kann, kann er es nur, wenn er glücklich ist, wenn er Harmonie in sich selbst hat. Also wenn er liebt.«

Hermann Hesse, am 2. Juli 1877 in Calw/Württemberg als Sohn eines baltendeutschen Missionars und der Tochter eines schwäbischen Indologen geboren, 1946 ausgezeichnet mit dem Nobelpreis für Literatur, starb am 9. August 1962 in Montagnola bei Lugano.

Hermann Hesse

Nur wer liebt, ist lebendig

Hermann Hesse

Nur wer liebt, ist lebendig

Frühe Liebesgeschichten

Mit einem Nachwort herausgegeben
von Volker Michels

Insel Verlag

Umschlagabbildung nach einem Aquarell
von Hermann Hesse

Vertrieb durch den Suhrkamp Taschenbuch Verlag
Satz: Hümmer GmbH, Waldbüttelbrunn
Druck: Clausen & Bosse, Leck
Printed in Germany
ISBN 3-458-06701-9

Inhalt

Der Dichter

Ein Buch der Sehnsucht

Wo liegt das Tal? Weit, weit unter goldenem Stern.
Ich suchte lange, suchte mich müd und matt.
  Ich bin nach Nord und Süd gezogen –
  Aber ich konnte das Tal nicht finden.

Hans Bethge.

Die Einsamen

Es gibt Schüler einer jungen Philosophie, welche Abende lang in festlichen Häusern sich gemeinsam in großer Zahl der Einheit ihrer Erkenntnis freuen und in begeisterter Schar auf gemeinsam erstiegenen Berghöhen die aufsteigende mütterliche Sonne begrüßen. Es gibt Gemeinschaften, in welchen Bauern, Schuhmacher und Tagelöhner zusammen leben, um in ängstlich engen ärmlichen Stuben die Bibel zu lesen und erbauende Auslegungen jüdischer Propheten zu ersinnen. Und es gibt fein erzogene raffinierte Ästheten, welche Abende und Tage gemeinsam zubringen, auf Knieen vor der Schönheit, in Räumen, deren Wände mit blassen, ausgesucht edlen Gobelins geschmückt sind und die von den reinen Takten kunstreicher Verse oder einer auserlesenen Musik ertönen.

Diese alle, die Philosophen der neuen Erkenntnis, die Pietisten und die Ästheten, stehen über dem Leben des Alltags, pflegen den Verkehr mit dem Ewigen und wissen die Schicksale des äußeren Lebens auf eine große Idee, auf ihre Idee zu beziehen.

Aber neben ihnen und neben dem Pöbel des Alltags gibt es noch die große Zahl der Ungemeinsamen, die in Schweigen verborgene Brüderschaft der Einsamen, von welcher nur selten der Schrei einer laut gewordenen ungewöhnlichen Seele Kunde gibt. Auf dem Grund ihres Lebens liegt das Ungenügen, das Heimweh und die Resignation. Der weiche, dunkle Grund raubt allen Bildungen ihres Lebens den Glanz der starken Umrisse, das Feuer der kräftigen Farben und die Tatsächlichkeit der entschiedenen Bewegung; an deren Stelle aber verleiht er den Zauber des Ungewissen, den blauen Duft der Ferne, die gedämpfte Musik des Helldunkels und die schöne tieftönige Schwermut der Stimmung.

Man könnte viele mit Namen nennen, deren Leben und deren Schöpfungen auf diesen, schweren, traurigschönen Grund gemalt sind und deren wahres Wesen allen Nichteinsamen geheimnisvoll und rätselhaft ist. Man könnte viele Gestalten beschwören von Weisen, Dichtern, Künstlern, Gestalten von wunderbarem Adel, scharfgezeichnete, großartige Häupter mit ernsten Stirnen und tief gefurchten Zügen – Menschen, die ihr Leben lang allein und vom eigenen Herzblut lebten, denen die Gabe der Selbstflucht, der Geselligkeit, ja der Freundschaft versagt war. Entfernte Freunde weinten bei ihrem Tode, der sie einsam traf und späte Geschlechter liebten sie mit Scheu und mit Erstaunen.

Unzählig aber ist die Schar der Einsamen, deren Leben ohne Licht und Ruhm verklingt. Sie sind Fremdlinge in den Gassen ihrer Städte. Sie passen nicht in die Harmonien des äußeren Lebens, und sie wissen nicht, ob sie zu gut oder zu schlecht für dieses Leben sind.

Diese meine Brüder will ich mit meinen Blättern grüßen, alle jene, die zum Orden der Flüchtigen und Heimatlosen gehören, und denen die Ritterschaft des Leides und der Einsamkeit ihren schmerzlich schönen Adel verleiht. Ich weiß, daß unter ihnen einige mich gelten lassen und lieben werden.

Der Dichter

I

Vom Gartentisch warf die Lampe einen Kreis von Licht in den stillen Garten und verband die um den Tisch Sitzenden zu einer vertrauten Gemeinschaft. Ringsum war Dunkelheit, in deren Mitte die kleine Lampe so blendend leuchtete, daß beim Emporblicken auch der hohe Himmel schwarz erschien. Nur wenn man eine Weile den Blick erhoben hielt, konnte man die tiefe Bläue des reinen Himmels fühlen und sah Sterne, wie quellende Lichttropfen aus der weiten Kuppel treten.

Unsichtbar redete der mauerumschlossene Garten von seiner Gegenwart. Duft von Veilchen, Duft von jungen Jasminblättern und von Tannen strömte in feinen Wellen durch die Dunkelheit und vermischte sich mit den leisen Geräuschen des Laubes und der Wipfel zu einem Lied, aus dessen Takten ein Wissen von Frühling, Veilchen und abgeschlossener Gartenschönheit in die Seelen der kleinen Tischgemeinschaft drang.

Diese war sich des Zaubers der lauen Abendstunde wohl bewußt und öffnete sich gerne den Stimmen der Schönheit, des Frühlings und der Weltferne, welche in diesem mauerumschlossenen, mitten in der großen Stadt in beneideter Reinheit und Stille liegenden Garten redeten.

Vier Menschengesichter traten im Licht der Lampe hell aus dem dunklen Abend hervor. Der Kopf des Wirtes, ein herbes, doch gütiges Gelehrtenhaupt, mit freier, reger Stirn und ausruhenden, starken Forscheraugen. Daneben das helle Frauengesicht der Wirtin, in dem über den klugen

Mund und die sorgende Stirne die liebreichen, geheimnislosen Augen siegten. Dann Elisabeth, ein eleganter, geistreicher schöner Kopf mit lebendig beweglichen Zügen, mit hoher Stirne und kühlen, klugen Augen, mit schmalen Lippen, auf welchen Sinnlichkeit und Skepsis stritten, und mit dem vielbewunderten präraphaelitisch schönen Kinn. Zuletzt der Dichter Martin, auf dessen Stirn mit den Schatten der krausen Haare die Schatten eines lebhaften Faltenspiels sich vermischten.

Der Dichter hatte den »Tod des Tizian« vorgelesen, und die weichen, schwellenden Verse des auserlesenen Gedichts schienen sich langsam und harmonisch in die milde Veilchenluft des Abends aufzulösen. Noch hatte niemand gesprochen.

»Die Sterne!« sagte plötzlich Elisabeth. »Sie sind während des Lesens aufgegangen, und wir sahen es nicht. Die Lampe ist so hell! Sehen Sie, man muß ganz zurückliegen und eine Weile hinaufblicken, dann sieht man sie erst ...«

Alle schauten in die blaue, sterngekrönte Nacht empor. Nur Martin lehnte sich in das Dunkel zurück und ließ seine klaren Augen auf der linken Hand Elisabeths ruhen, welche mit leisem Fingerspielen auf dem Rand des runden Tisches ruhte. Er sah zum ersten Mal die elegante Schönheit dieser Hand, bei deren Anblick ihm ein neues Verständnis für die seltene Kunst der schönen Klavierspielerin aufging. Während er das schlanke Gebilde betrachtete, bewegten sich die schönen Finger, als schlügen sie Tasten an. Martin berührte sie mit einem Veilchenblatt, das neben vielen gepflückten Veilchen auf dem Tische lag. Elisabeth blickte ihn fragend an.

»Ihre Linke will Klavier spielen, Elisabeth. Ein Notturno.«

Sie besann sich einen Augenblick, wobei sie, ohne das Gesicht zu neigen, mit vergrößerten Augen zu Boden sah. Eine Gebärde, die an ihr nicht selten war und sie seltsam schmückte, indem in diesem Augenblick das flügge Spiel der lebhaften Mienen innehielt und die vornehm schmale Form des Gesichtes den Ernst eines Bildnisses annahm.

»Gut, ich spiele. Aber im Dunkeln. Und Sie müssen alle hierbleiben.«

Sie erhob sich langsam und leise. Im Gartensalon stand ein Klavier. Die hellblau gekleidete leichte Gestalt schritt fast lautlos über den Rasen und verschwand in die dunkle Wand des Hauses. Die Bewegung der hellfarbigen Figur brachte ein plötzliches, schwaches Licht in den dunklen Gartenwinkel, dessen Finsternis hinter der Verschwundenen wieder in schwarzen Wellen zusammenschlug. Bald floß durch die offenen Fenster eine einfache, langsam gleitende Musik, ein Abendlied, das keinem der Zuhörer bekannt war. Es konnte von Mozart sein, oder von Haydn. Nach einer sehr kurzen Pause änderte sich die Tonart, und dieselbe Melodie, mit einer leichten, glücklichen Veränderung, wiederholte sich ein wenig tiefer, während die Begleitung sich schnell vereinfachte, so daß die letzten Noten sich ohne markierten Abschluß in die Dunkelheit verloren. Die drei Zuhörer fühlten, daß dieses Notturno nicht von Haydn, sondern von Elisabeth, und daß es ganz die Musik des heutigen Abends war und ganz nur für eben diese drei verstehenden Hörer erfunden. So wurde das schöne Mädchen nicht mit einer Frage, sondern mit einem schweigenden Dank empfangen, als es lautlos an den beleuchteten Tisch zurückkehrte.

»Sollen wir gehen?« fragte sie bald darauf den Hausherrn.

»Noch nicht«, bat dieser, »ich will Ihnen noch eine ganz kleine Geschichte erzählen, oder eigentlich ein Gedicht.«

Man horchte lächelnd auf. Ein kleiner Falter begann um die Ampel zu kreisen. Der Doktor schloß die Augen und erzählte:

»Um zu ruhen und die Schönheit der Stunde zu genießen, vereinigte sich Jugend und Alter in der Gartenstille eines warmen Frühsommerabends. Ein Dichter las die wohllauten Verse einer sommerlich schönen Dichtung vor, im Lichterkreise der Lampe entspannen sich streitlose Gespräche über Dinge, deren Herd der Feierabend und die Freundschaft ist. Der Dichter sammelte gepflückte Veilchen zu einem Strauß, und die schweigsam anwesende Muse lehrte die Freunde über den engen Kreis des heimatlichen Ampelscheins hinauf zu den reinen Sternen blicken. Und als die Nacht mit Düften und dunklen Stimmen in die gesellige Rede sich mischte, da antwortete ihr die Muse aus der Tiefe ihrer Kunst mit einem wunderbar schwesterlichen Liede. Die Alten schwiegen und reichten der Muse die Hand, aber der Dichter dankte ihr durch die Gabe der duftenden Veilchen.«

Der Doktor erhob sich und gab Elisabeth die Hand, der Dichter gab ihr den Veilchenstrauß, die Hausherrin erhob die Lampe und geleitete beide Gäste zum Tor.

Martin begleitete die Muse durch die stillen Gassen der alten Stadt.

Elisabeth begann zu sprechen.

»Wieviel Menschen, glauben Sie, sind in unsrer Stadt, die es verstehen, einen Sommerabend so zu genießen wie unsre Wirte?«

»Zunächst noch wir beide«, entgegnete Martin.

»Ja, und sonst?«

»Zwei, drei vielleicht.«

»Zwei, drei. Ich weiß, wen Sie meinen. Anderswo hätten Sie den »Tod des Tizian« nicht gelesen. Sie müssen mir das Buch besorgen, wollen Sie? Und Sie? Ich habe seit Monaten keinen Vers von Ihnen gehört.«

»Ich verbrenne täglich ein Blatt davon.«

»Wovon?«

»Verse. Eine Dichtung. Ich arbeite und bin mit mir unzufrieden.«

»Was ist es?«

»Der Titel ist ein Frauenname. Und der Inhalt eine Frau, ein Mädchen. Ihre aparte Schönheit, ihre Stimme, ihre Bewegungen, ihr ungewöhnlich feines geistiges Wesen und etwas von dem außerordentlich regen und wandelbaren Leben ihrer Seele. Ihr Haar, ihr Auge, ihre Art zu lachen, zu gehen und zu sprechen, ihre Lieblingsblumen. Aber die Verse zerbrechen mir in der Hand, und wenn die schöne Dame es wüßte, so würde sie lachen.«

»Wissen Sie denn das?«

»Sie ist kühl und grausam. Sie soll nie geliebt haben.«

»Und Sie sind in dieses Rätsel verliebt. Warum sagen Sie das nicht der Dame selbst?«

»Ich bin nicht für Liebeserklärungen.«

»Komisch. Heißt die Dame Helene?«

»Nein, Sie sind auf der falschen Fährte. Übrigens wissen

Sie, daß aus mir kein Geheimnis herauszubringen ist. Geben Sie sich nicht weiter Mühe.«

Eine Laterne beleuchtete für Augenblicke die Gesichter der beiden.

»Sie sind bleich«, sagte Elisabeth. Martin schwieg.

Plötzlich lachte Elisabeth leise auf und sah dem Dichter nochmals ins Gesicht. »Das ist Ihre tragische Maske«, sagte sie, »ich kenne Sie jetzt. Sie sehen zuweilen ganz so aus, wie ich mir als Kind die großen Dichter dachte: schlecht frisiert, wechselnde Wolken auf der Stirn, das Auge groß, die Lippen leicht geschlossen und so blaß!«

Martin lächelte nicht. »Warum spotten Sie, Elisabeth?« fragte er ruhig.

»Ich spotte ja gar nicht. Ich finde sogar, es steht Ihnen vortrefflich. Warum durfte ich das nicht sagen?«

»Ihretwegen, Elisabeth. Weil Ihre Gestalt und Stimme für mich noch diejenige der abendlichen Muse war, deren Musik mich beglückte und der ich die Veilchen übergab.« Es entstand ein kurzes Schweigen, während dessen die Schritte der Gehenden in der engen, gepflasterten Gasse widerklangen.

»Ich muß gestehen«, begann die schlanke Dame wieder, »daß ich den Gegenstand Ihrer neuen Dichtung nicht durchaus beneiden kann. So sehr es mich beglücken würde, meine Erscheinung im Spiegel Ihrer vornehmen und wohllautenden Verse zu erblicken, so wenig beglückend denke ich es mir, die Geliebte eines so strengen, sensiblen und geistigen Mannes zu sein.«

»Aber wenn Sie mir begegneten, wie es jene Dame tut? Sie lacht ja über mich. Würde es Ihnen keine Freude machen, einen zu Ihren Füßen zu sehen, dessen Auge für wählerisch und dessen Geschmack für ausgebildet gilt?«

»Ach ja. Und das Bewußtsein, Sie stimmen zu können, Sie zu quälend traurigen Versen reizen zu können. Wenn man grausam genug ist, muß es glänzend sein, einen Liebhaber zu haben, von dem man weiß, daß seine feinen Nerven auf den leisesten Blick reagieren.«

»Wären Sie aber grausam genug?«

»O ja, oder kennen Sie mich anders?«

»Nein.«

»Warum sagen Sie das so sonderbar?«

»Weil es mir immer noch um die Muse dieses Abends leid tut. Verstehen Sie das wirklich nicht? Oder wollen Sie sagen, daß diese Muse eine Maske war?«

»Nein. Aber man kann nicht die Stimmung eines besonderen Augenblicks künstlich konservieren. Spielen Sie doch nicht den Empfindsamen!«

»Die Rolle wäre ohnehin zu Ende. Wir sind an Ihrem Hause. Gnädiges Fräulein, darf ich die Glocke ziehen?«

»Haben Sie die Güte. Ich wünsche Ihrer Dichtung und Ihnen alles Gute. Auf Wiedersehen!«

Martin hatte keine Lust, nach Hause zu gehen. Er mühte sich, die Erscheinung der schönen Künstlerin, die an diesem Abend als schweigsame Muse im dunklen Garten einen ungewöhnlich vornehmen und geistigen Reiz entfaltet hatte, seiner Erinnerung einzuprägen. Sein Gedanke klammerte sich an jeden winzigen Zug, an jedes leiseste Lächeln dieser Erscheinung, denn er liebte Elisabeth, und er wußte, wie selten solche reinen und verklärten Äußerungen ihres Wesens waren. Er liebte sie, soweit seine flüchtige und einseitig nach künstlerischen Genüssen und Taten durstige Seele der Frauenliebe fähig war, und er war unersättlich, sie in den seltenen Augenblicken zu sehen, in denen sie »ihren Stil gefunden hatte«, wie er sich ausdrückte. Er hatte sich selbst sorgfältig bewacht, damit seine Verehrung ihr verborgen bleibe, er war unzähligemal ohne ihr Wissen von ihr beleidigt worden, dennoch brannte die leise Flamme der ihm selbst oft rätselhaften Neigung in ihm weiter, und ohne es sich zu gestehen, hoffte er immer auf die Stunde, in der sie sich reiner und persönlicher offenbaren und ihm Gelegenheit geben würde, sie zu beeinflussen. Denn trotz ihres schwankenden und häufig fast herben Wesens war sie die einzige Frau in seiner Umgebung, deren körperliche Schönheit und geistige Kultur ihn zu reizen vermochte.

Martin ließ bald die letzten Laternen hinter sich. Der innere Ring der städtischen Anlagen wimmelte vom Getriebe der Liebespaare. Gesenkten Blickes und mit einem leichten Ekelgefühl entrann er dieser Atmosphäre von Dienstmägden und Ladendienern und schritt einen wenig begangenen Fahrweg entlang. Zur Rechten stand der Saum des Parks in die Höhe, zur Linken wogte in milden Rhythmen die Ebene des freien Feldes. Auf einer von Erlen bestandenen Anhöhe machte der Dichter halt und ließ sich ermüdet auf eine niedere Holzbank nieder.

Indem er lange gedankenlos ruhend über die Felder hinweg blickte, auf denen das matte Licht der Sterne lag, bemächtigte sich seiner langsam eine große, herbe Traurigkeit. Sein stumpfer Sinn erwachte beim Anblick der Ebene, der Sterne und des frühlinghaften Laubes der Bäume, und zum erstenmal seit Jahren traf wieder die frische und zarte Stimme der Natur, der Ton des Windes und der Zweige unverschleiert sein Ohr. Er erinnerte sich mit eigentümlichem Schmerz daran, welche Ströme von Kraft, von Sehnsucht, Trauer, Hoffnung und Sinnlichkeit ehemals in solchen Mainächten durch sein Blut und durch seine Gedanken gebrandet hatten. Von dieser elementaren Kraft und Fülle fand er heute in sich nur einen verglimmend leisen Funken der damaligen Jugendschwermut wieder, sonst nichts, sonst gar nichts, und auch diese Schwermut war herb, unfruchtbar und kühl und hatte nichts mehr von der weichen Schönheit von ehemals.

Für den einsam und ermüdet am Fuß der Erlengruppe Ruhenden war eine der seltenen Stunden gekommen, in denen der Anreiz einer äußeren Stimmung den unterdrückten elementaren Empfindungen in seiner kühlen und unzugänglichen Seele zum Sieg verhalf. Er gab dem Andrang der inneren Erschütterung nicht sogleich nach. Aufspringend stellte er sich mit verschränkten Armen an den Rand des Hügels und überschaute die Landschaft. Er zwang sein geschultes Künstlerauge zum sachlichen Sehen und versuchte, sich über den Aufbau und die Lichtverteilung des Feldbildes klar zu werden. Aber mit dem milden Frühlingsduft, der aus dem begrünten jungen Boden stieg, drang jene beklemmende Schwermut immer wieder auf ihn ein, bis er abgespannt und entwaffnet in den Sitz zurücksank und mit schwachem Widerstreben dem Spiel seiner folternden Gedanken anheimfiel.

Neben der Trauer um die verlorene sinnliche Frische der ersten Jugend überkam den Dichter eine grausame Bitterkeit gegen alles, was seit Jahren sein Leben erfüllte. Was nach einer kurzen schwelgerischen Zeit wahllos begangener Ausschweifungen ihm von Schwung und Jugend geblieben war, hatte er seither mit zäher Selbsterziehung in den alleinigen Dienst seines brennenden künstlerischen Ehrgeizes gestellt. Er hatte nie das Verlangen nach vulgärem Ruhm gekannt, aber mit peinigender Stärke brannte ihn der Wunsch, in den engen Kreisen ausgewählter Kenner und Freunde sich den beneideten unbestrittenen Rang des unübertroffenen Artisten zu sichern. Ohne völlig im Formalen aufzugehen, hatte er sich gewöhnt, auch sein inneres Leben gleichsam in der Hand zu halten und jede noch so flüchtige Regung seiner Seele schon im Entstehen künstlerisch zu objektivieren. Er konnte mehrere Tage darauf verwenden, einer poetischen Einladung oder Absage den schillernd brillanten Glanz zu geben, den seine subtil experimentierende Technik einem Verse verleihen konnte. Die Mehrzahl seiner nie umfänglichen Dichtungen war nur in wenigen Exemplaren handschriftlich verbreitet, und selbst diese wenigen Exemplare, deren jedes mit persönlicher Dedikation versehen war, unterschieden sich häufig voneinander durch kleine Variationen, mit welchen der Dichter einzelnen begünstigten Lesern zarte persönliche Huldigungen bot. Seine vielseitig und sorgfältig gepflegte Kenntnis der älteren Literatur hatte ihm den Schlüssel zum Rätsel der sprachlichen Wirkung verschafft, und seine Selbstkenntnis täuschte ihn nicht, als sie ihm sagte, daß die Gabe des herzlichen, naiven warmen Wortes ihm nicht oder nicht mehr eigen sei. Ergreifend und aus der Tiefe kommend waren nur die wenigen Verse von ihm, in denen er mit verhaltener Trauer von der Leere und Unlust seiner entgötterten Seele redete.

Diese Leere und Unlust quälte ihn heute bis zur Verzweiflung. Der geistreiche und feingeschulte Schauspieler seiner Gefühle sah sich von aufdrängenden Empfindungen bestürmt, deren Zügel er nicht mehr beherrschte. Es schien ihm in dieser Stunde, als hätte er die seltene Gabe des großen Dichters gehabt und nicht benützt. Es schien ihm, als hätte er einmal die Kraft und Größe gehabt, seinem Leben die satte Fülle der naiven Leidenschaft und seinen Werken die großzügige Frische der sorglosen Genialität zu geben, und als hätte er diese Kraft verkauft und verraten. Er ward sich bewußt, daß er die durchdringende und ätzende Kraft seiner blasierten Skepsis nicht mehr wie ein Spielzeug beherrsche, sondern von ihr bis in die ungewollten Regungen des Gefühls und des Traumes vergiftet sei. Für Augenblicke trat das Bild seiner Jugend mit ungebrochenem Licht vor sein Auge, das Bild jener stürmend wilden, von großen Ahnungen und Hoffnungen bewegten, heiß pulsenden Jugend, deren ungemessene Fülle vor wenigen Jahren noch sein Herz in lauten, verliebten Takten hatte schlagen lassen. Einzelne Stunden, Spaziergänge, Liebesgeschichten, einzelne poetische und philosophische Träume jener Zeit fielen ihm ein, hinter welchen allen wie eine rot beleuchtete Wolkenburg die ersehnte Zukunft gestanden war. Jetzt war die Zeit jener Zukunft da und fand ihn kleiner, elender und kälter geworden. Deutlich fühlte der Dichter, daß er schon jenseits der Schwelle stand, auf welcher Entscheidungen und neue Ideale noch möglich waren. Mit diesem Gefühl gewann die gewohnte kühle Selbstbetrachtung wieder in ihm die Oberhand, und er erhob sich mit energischer Bewegung und dem klaren Entschluß, diese trübe Welle niederschlagender Erkenntnisse und Stimmungen um keinen Preis bis zur Selbstverachtung steigen zu lassen. Trotz einer lähmenden Müdigkeit beschleunigte er seine Schritte fast bis zum Lauf und erreichte bald nach Mitternacht seine Wohnung. Bleich und mit grimmig zusammengepreßten Lippen kam er an, todmüde, verwundet und scheu wie ein der Treibjagd entronnenes Hochwild.

Während Martin auf dem Erlenhügel traurige Viertelstunden verdämmerte, und während in dem mauerumschlossenen Garten des gelehrten Doktors noch die weiche Stimmung jenes Abendliedes sich im geschützten grünen Raume wiegte, hatte sich Elisabeth nach einer kurzen Ruhe zu Hause an den Flügel gesetzt. Während ihre Finger eine Reihe von gebrochenen Akkorden griffen und unbewußt zu einer melodielosen Phantasie zusammenschlossen, beschäftigten sich ihre Gedanken mit dem Dichter. Seine schlanke und etwas auffallende Figur mit dem fast immer leicht vorgeneigten bedeutenden Haupt und dem ernsten, heute krankhaft bleichen Gesicht hatte ihr Nachdenken schon oft gefesselt. Sie suchte sich ein Bild der in diesem Haupte wachsenden Ideenwelt und eine Vorstellung von dem Leben dieses sonderbaren Menschen zu machen, aber es gelang ihr nicht. Mit Ausnahme des beinahe gewaltsamen Ehrgeizes, den ihre Künstlernatur verstand, konnte sie keinen typischen Zug seines Seelenlebens finden. Es hätte sie stark gereizt, den Namen der Frau zu wissen, von der Martin gesprochen hatte. An sich selbst dachte sie keinen Augenblick, denn weder hatte er je ein Wort intimer Zuneigung zu ihr geäußert, noch empfand sie irgend eine solche zu seinem verschlossenen und glatten Wesen. Er war ihr zu ruhig, zu wenig kapabel für momentane Aufwallungen, und hätte sie seine Dichtungen nicht genau gekannt, so hätte sie ihm alles tiefe Empfinden abgesprochen. So ahnte sie wohl irgend eine unter der Oberfläche seines Wesens verborgene, vielleicht schmerzliche Tiefe, empfand aber nicht, wie nah verwandt Martins Seele mit der ihren war.

Diese Verwandtschaft beruhte vor allem auf dem beiden gemeinsamen ungewöhnlichen starken Widerwillen gegen das gewöhnliche Leben, gegen alles Stillose und Geistlose, und ebensosehr auf einem ewigen Ungenügen und einem rastlosen Bestreben, sich immer rücksichtsloser den Anschauungen der Gesellschaft zu entziehen und in einer selbstgeschaffenen Welt des Stils und der harmonisch getönten Umgebung sich zu isolieren. Beiden war die Unzufriedenheit mit dem eigenen Leben gemeinsam, beide fühlten sich zur Unzeit und im falschen Lande geboren, empfanden das Leben grau und langweilig und hatten das heimlich brennende Bedürfnis, die Röte der Kunst und die Röte der Leidenschaft an seinen bleichen Himmel zu malen.

Dies alles wußte Elisabeth nicht, der Dichter erschien ihr so fremd wie alle andern. Dazu war sie eine von den Frauen, die unsinnlich sind, ohne keusch zu sein, und die der Mangel an Herzenswärme vor der Hingabe schützt, ohne sie innerlich rein zu bewahren. So hatte sie, wie Martin wußte, nie wirklich geliebt und zahlreiche, oft ehrende Anträge abgewiesen und besaß dennoch ganz jenes Wissen vom Mann und jene kühle Flamme im Blick, die die Männer betört.

Mit scheinbarer Lässigkeit glitten ihre schlanken Finger über die Tasten des Flügels. Sie endigte ihr Nachsinnen mit einem lebhaften Schütteln ihres schönen Hauptes, heftete die klugen, aufmerksamen Augen auf die Klaviatur und begann aufs neue zu spielen. Indem sie den ersten Akkord eines Huber'schen Stückes anschlug, fiel von ihrer geschmeidigen Seele alles Unadlige und Momentane ab. In den Stunden, die sie am Flügel zubrachte, ging ihr ganzes vom Leben unbefriedigtes Wesen in das Land des Wohllautes und der reinen Form hinüber. Es war nicht der Rausch der Begeisterung und Rührung, sondern ein ruhiges, selbstverständliches Zuhausesein in einer wohlbekannten sympathischen Region.

2

Martin saß tief zurückgelehnt in einem der alten Sessel des Gartenzimmers. Vor den Fenstern glänzte der jungbelaubte Park in der Junisonne. Am Tische lehnte Burkhard, Martins Freund, und rauchte.

»Du machst mir sonderbare Geständnisse«, sagte er langsam, indem er gegen den Brand seiner Zigarre blies und die Rechte auf den Tischrand stützte. »Eigentlich sind das doch Sentimentalitäten, die man gerade bei dir ...«

»Ja, ja«, unterbrach ihn Martin etwas unwillig, »Du singst mir da eine alte Weise vor, statt mich verstehen zu wollen.« Die zarten Rauchwolken glänzten mit feingeschwungenen Linien in der Sonne. Durch die weitgeöffnete Türe klang Wipfelgeräusch herein und das Hämmern des Spechtes. Martin strich sich mit den Fingern über die gerunzelte Stirn.

»Also nochmals«, begann er wieder, »– sag mir doch ehrlich, ob es nicht ist, wie ich sagte. Ich bin doch einfach ein Artist und Schaumschläger, der jahrelang leer gedroschen hat ...«

»Was du selber nicht glaubst«, entgegnete Burkhard heftig.

»Du bist ein ewiger Schauspieler und hast heute einmal die Laune, dir selber die Tragödie des verlorenen Lebens vorspielen zu wollen. Ich bin aber nicht dafür zu haben, es ist der jämmerlichste Sport, auf den du verfallen konntest.«

Schweigen. Ein Gärtner ging vorüber. Irgendwo sang ein Kind. Burkhard blies dünne Rauchwölkchen in das vielfenstrige Zimmer, ging auf und ab und trat zuletzt vor die Türe. Martin folgte ihm langsam, schob den weißen Sommerhut weiter in die Stirn und schlenderte mit dem Freunde über die Kieswege bis zu einer schattigen Bank. Beide setzten sich. Burkhard pfiff leise vor sich hin.

»Bist du auch einmal achtzehn oder zwanzig Jahre alt gewesen?« fragte Martin leise.

»Natürlich.«

»Gut, so erinnere dich. Das war doch anders! Erinnerst du dich nimmer, diese Fülle, diese fabelhafte Fülle! Die Frauen – das war wie ein italienisches Nachtfest unter den Bäumen eines klassischen Lustgartens, das war wie auf dem neuen Bild von Hierl-Deronco, alles so berauschend, duftend, weich, so atemberaubend und schwelgerisch. Und diese über Lieblingsbüchern verbrachten Nächte! Da gab es noch Dichter, bei deren bloßem Namen mir das Herz schlug. Genau ein solcher Dichter wollte ich werden, einer, bei dessen Versen schöne Frauen den Schlaf vergessen und junge Studenten vor Erregung und Wonne zittern. Dann diese langen stillen Spaziergänge, bald in langen Alleen, bald über die Berge, ein Reclambändchen in der Tasche –. Und dann, noch ein wenig früher, die erste

Frau, die man mit den Augen und mit wahnsinnigen Versen verfolgte –«

»Du sagst selber, daß diese damaligen Verse wahnsinnig waren.«

»Aber ja, freilich wahnsinnig! Das war's ja eben, das war ja der Zauber, dieser süße Wahnsinn, der wie eine brausende Blutwelle vom Herzen in die Augen und Gedanken stieg. Tut es dir nicht im Herzen weh, wenn du daran denkst?«

»Du kannst das wirklich nicht verlangen. Jahrelang hat auch dir das Herz nicht weh getan –«

»Burkhard!«

»Nun, verzeih! Aber ich wiederhole dir, das sind Sentimentalitäten. Du hast das Bedürfnis, dich irgendwie zu berauschen, – tu das, aber laß mich wegbleiben.«

»Du hast ja recht. Ich war von einer Art Jugendromantik befallen und bildete mir einen Augenblick ein, die naiven Dinge von damals müßten noch vorhanden sein, so was wie Freundschaft. Na, schönen Nachmittag!«

Martin schritt schnell dem Hause zu. Erstaunt eilte Burkhard ihm nach. Erst beim Stallgebäude holte er ihn ein, wo Martin nach dem Kutscher klingeln wollte. Der Freund verhinderte ihn eben noch daran.

»Was für Szenen!« flüsterte er ihm zu. »Alles weiß, daß du heute hier bist, auf den Abend kommen die Stadtgäste – außerdem meinte ich's doch nicht so schlimm!«

Martin hatte seinen Arm frei gemacht und schob den Freund mit einem unangenehmen »Bitte« zur Seite. Er klingelte. Dann wandte er sich zu Burkhard: »Empfiehl mich den guten Leuten«, bat er kühl, »ich fahre nach Hause.«

»Aber mein Bester! Es tut mir ja leid, daß ich dir ...«

»Es tut auch mir leid, daß ich dir so langweilige Sachen erzählte. Ein andermal was anderes!«

Der Kutscher trat an. »Nach der Stadt«, befahl Martin. Dann ging er, während der Kutscher die Pferde einschirrte, langsam neben Burkhard im Hofe auf und ab. Nach einer peinlichen Pause blieb dieser auf der Mauerseite des geräumigen Hofes stehen. »Vielleicht«, sagte er leise, »weißt du im Augenblick nicht, daß du mich beleidigst.«

Martin antwortete nur mit einem abwartend kühlen Blick.

»Du wirst es vielleicht bereuen«, fuhr Burkhard fort. »Ich werde dich bei meinen Gästen entschuldigen, die Beleidigung nehme ich nicht auf. Du bist erregt und anders als sonst, vielleicht krank. Übermorgen werde ich in der Stadt sein und dich dann besuchen. Ist dir's recht?«

Martin besann sich einen Augenblick. »Ja«, sagte er dann, gab dem Freunde flüchtig die Hand und stieg in den Wagen.

Auf der ganzen Fahrt durch die warmen, hellen Wiesen beherrschte das von ihm beschworene Bild der Jugendfülle seine Gedanken. Den Freund und seinen Ärger über ihn hatte er sogleich wieder vergessen. Es schien ihm, als gäbe es nichts, an was man denken könne, nichts Bemerkenswertes, Anziehendes und Lebendiges als dieses Jenseits der verlorenen Jugend, diese rätselhaft schöne, sternbeglänzte, dunkelgrüne Wildnis, in welcher heiße Jünglingsgedichte von Siegen und Lorbeerkränzen träumen. Und der kühle, silbenwägende Dichter der »Silberlieder« und der »steinernen Götter« lehnte mit geschlossenen Augen tief im

Rücksitz des Wagens und summte den ersten Vers des alten Rückert'schen Liedes vor sich ihn.

»Aus der Jugendzeit, aus der Jugendzeit« … Seit dem Abend auf dem Erlenhügel hatte ihn eine innere Unruhe und eine Art von Heimweh nicht mehr verlassen. Jene plötzliche Regung des Überdrusses, der Reue und Jugendsehnsucht bleibt wohl wenigen Männern unbekannt. Während aber die meisten von ihnen die weiche, schmerzliche Stimmung einer solchen Gedenkstunde schnell überwinden, blieb der einsame, an die peinliche Beobachtung seiner Empfindungen gewohnte Dichter ihr tagelang völlig preisgegeben.

Die hellen Wiesen, die von Zweigen überhangenen Mauern und die altmodischen Portalsäulen der herrschaftlichen Landhäuser flogen vorüber, Kornfelder und Raine mit rot brennenden Inseln von wildem Mohn, kleine Bauerngüter, in deren Gärtchen Levkojen, Reseden und Georginen dicht und üppig standen. Martin sah sie nicht, auch nicht die Kinder, die vor den Landhäusern sprangen, die arbeitenden Bauern, die im Tenniskostüm bummelnden Mädchen. Er erinnerte sich jetzt wieder des eben verlassenen Burkhard. Ausgelacht hatte er ihn, Witze hatte er gemacht, »verschon mich mit deinen Nöten«, hatte er gesagt. Und das war sein Freund, der einzige, den er mit diesem Namen nannte. Und jetzt, wo dieser ihn ihm Stich gelassen hatte, war keiner mehr da, zu dem er hätte gehen können. Einige sehr feine, zu Kennern gebildete Herren, ein Völkchen bewundernder Gänschen, eine kleine Herde von schüchternen, verehrenden Jungen – das war seine Gesellschaft. Mit Bitterkeit erinnerte sich der Dichter seiner Jugendfreunde. Der Beste war ihm untreu geworden, er war zu selbständig gewesen, um ihm in seine egoistische und einseitige Lebensweise zu folgen. Die andern hatte er, einen nach dem andern, sich absichtlich entfremdet, als nach den Studienjahren sein Ehrgeiz erwacht war und der Widerwille gegen alles Dilettantische und Unästhetische ihn immer einsamer und unduldsamer machte. Sie waren jetzt endgültig verscheucht. Also hatte er alle diese Jahre her keinen Freund gebraucht und sah erst heute, daß er keinen hatte.

Martin durchlief die ganze Reihe seiner Bekannten. Es war niemand darunter, den er seine heutige Stimmung hätte wissen lassen mögen. Da trat plötzlich Elisabeth vor seine Gedanken.

Elisabeth! Sie hatte das, was den andern fehlte, sie allein war ihm an Geist und Weltverachtung ebenbürtig und sie allein verstand die Seele eines Künstlers, eines Schaffenden. Sie war tief genug, auch seine trübsten Stimmungen zu verstehen und war auch ungläubig und verdorben genug, um jedes bittere Lächeln seiner mißbrauchten und entheiligten Seele mitzulächeln. Der Dichter beschloß zu wagen, wovor er lange gezaudert hatte, er beschloß sie zu seiner Vertrauten zu machen und das schöne Weib, von dem man sagte, sie habe nie geliebt, zu erobern.

Erst als sein Wagen eine gepflasterte Straße passierte, erwachte er durch den Lärm der Hufe aus seinen Gedanken und bemerkte, daß er schon die Stadt erreicht habe. In wenigen Minuten war er in seiner Wohnung. Martin wusch sich Gesicht und Hände, wechselte den Rock und trat in sein Arbeitszimmer, das mit einem einzigen großen Fenster auf einen stillen Baumgarten sah. Die zarte Ausdünstung des jungen Kastanienlaubes erfüllte den kleinen, hohen und kühlen Raum. Auf dem Lesetische lag aufgeschnitten und mit mehreren Lesezeichen versehen der »Wacholderbaum« von Bruno Wille. Martin nahm den zweiten Band, blätterte einige schon gelesene Seiten nach und las weiter. Er lächelte wieder, der Klassizist und Formfanatiker, über die frisch naive Sprache dieses philosophischen Romans. »Ein Buch, an dem Novalis seine Freude gehabt hätte«, dachte er. Dann versenkte er sich ganz darein, der fragmentarischen Dialektik des Buches zu folgen und die Logik seiner Weltanschauung zu prüfen. Die Lehre vom Tode schien ihm auch hier die wichtigste Frage offen zu lassen oder doch nur zu modifizieren. Auch fand er die Mehrzahl der Beispiele und Gespräche zu absichtlich nach Art der sokratischen Gespräche in den Dienst des vorausgefundenen Ergebnisses gestellt. Im Grunde war ihm diese erste dichterische Verklärung der monistischen Weltanschauung so wenig ein Erlebnis als die Bekanntschaft mit irgend einer anderen Philosophie. Martin war mit der komplizierten Psychologie des modernen Menschen zu vertraut und war selbst zu unstet, zu schillernd in seinen Stimmungen und viel zu wenig naiv, um an große tröstende Wirkungen der Philosophie auf das Leben des Einzelnen zu glauben. Ihm gehörte alle philosophische Arbeit zur l'art pour l'art, deshalb blieb er ihr nicht fern, aber deshalb war sie ihm auch nicht mehr als die erfreuende Übung einer artistischen Geistesfähigkeit.

In einer Ruhepause fiel sein Blick beim spielenden Umblättern auf die innere Umschlagseite und auf eine Notiz, in welcher der Autor unter Angabe seiner Berliner Adresse alle interessierten Leser zu persönlicher brieflicher Aussprache aufforderte. Martin konnte nicht umhin, sich mit sarkastischem Lächeln diese Briefe vorzustellen, die Dummheiten, Mißverständnisse und Bitten um Aufschlüsse. Dann verglich er die Arbeit dieses Dichters mit der seinigen. Während er, um die Reinheit seiner Visionen und den kristallenen Schliff seiner Kunst zu schützen, sich in die engsten Kreise zurückzog, ja die Veröffentlichung seiner Werke scheute, arbeitete jener mit sichtlicher Befriedigung für viele, ja gab zweifelhaften Massen von Unbekannten die Möglichkeit, mit ihm über seine Werke zu reden. Mit Schaudern stellte der Dichter sich vor, Besuche von Studenten, Lehrern, Pfarrern und andern fremden Menschen empfangen, oder schlecht stilisierte Briefe von Unbekannten lesen zu müssen. Trotzdem fühlte er, daß jener kühne und liebevolle Schriftsteller eine Art von Befriedigung empfinden müsse, wie seine Arbeit sie nicht geben konnte. Unter jenen Briefen konnte der leidenschaftliche Erguß eines stürmischen und genialen Jüngers sein, der Dank eines Vereinsamten, die Anerkennung eines bisherigen Gegners. Martin verglich damit die Anerkennungen, die ihm zuteil zu werden pflegten, die geistreich lobenden Briefe, die gewählten Glückwünsche, Blumen, sinnvolle und künstlerische Geschenke. Das war feiner, vornehmer, zarter und geschmackvoller, aber ein einziger jener Briefe konnte doch unendlich beglückender sein als dies alles. Der Dichter begann den Verfasser des »Wacholderbaum« um diese Möglichkeiten zu beneiden.

Auf Burkhards Landgut trafen kurz vor Abend die Gäste ein. Hätte Martin gewußt, daß unter ihnen Elisabeth sein würde, so wäre er ohne Zweifel geblieben.

Burkhard, ein schöner, gewandter Lebemann von kaum

dreißig Jahren, empfing seine Gäste in demselben Gartenzimmer, in dem er mit Martin die Mittagstunde zugebracht hatte. Als Junggeselle, der außerdem viel auf Reisen war, sah er nur selten Gäste bei sich, die wenigen musikalischen Abende jedoch, die er in seinem Landhause veranstaltete, genossen einen glänzenden Ruf. Heute war die erste Rolle Elisabeth zugedacht.

Die Mahlzeit wurde im Freien eingenommen, in einem prachtvollen Rondell alter Ulmen, zu dem eine leicht ansteigende, festlich breite Allee hinanführte. Während des Abendessens, als die Dämmerung begann, flammten von Baum zu Baum die elektrischen Lichter durch die Zweige, zugleich wurden die bronzenen Öllampen angezündet, die auf schwarzen Sockeln über die Tafel verteilt waren. Es waren vielleicht dreißig Gäste geladen. Die meisten verbargen eine gewisse Enttäuschung darüber nicht, daß Martin fehlte. Nachdem der Wirt den Willkommspruch ausgebracht hatte, gedachte ein alter Akademiker des abwesenden Dichters und man beschloß, ihm einen Gruß zu senden. Eine Schale erster Sommerrosen mit den Karten der Gäste ward einem Boten übergeben.

Die Mahlzeit dauerte nicht lange. Die Gesellschaft ließ sich von den Dienern mit Windlichtern durch den Park begleiten und versammelte sich aufs neue im Saal des Obergeschosses, wo der mit einem Kranz geschmückte Flügel wartete. Während in den Nebenräumen der Mokka gereicht wurde, begann auf die Bitte der Versammlung Burkhard das Konzert mit der Kreutzersonate. Er spielte seine Cremoneser Geige virtuos, der Direktor des Konservatoriums hatte die Klavierpartie. Während des dritten Satzes der Sonate richteten sich alle Blicke auf Elisabeth. Sie war in der Türe eines kleinen Nebensalons erschienen und schritt langsam und leise durch den Saal bis an das dem Flügel zunächst gelegene Fenster. Dort lehnte sie nun regungslos, den Blick über das bleiche Gesicht hinweg zu Boden gesenkt. Man erkannte an ihrer Haltung und an der Spannung des königlichen Antlitzes, daß die große Künstlerin intensiv von einem musikalischen Gedanken beherrscht war. In diesen Augenblicken überflog die künstlerische Inspiration ihr regungslos gespanntes Gesicht mit einem duftigen, visionären Lichte, das die ganze adlige Erscheinung überfloß und der Gegenwart entrückte. Als die Sonate beendet war und Burkhard dem Klavierspieler gedankt hatte, sandte er einen fragenden Blick zu Elisabeth hinüber. Sie hob das schöne Auge und lächelte. Ohne sich den gespannten Hörern zuzuwenden, trat sie an den Flügel. Burkhard neigte sich zu ihr, um ihr einige schmeichelnde Dankworte zu sagen. Elisabeth wirkte zerstreut.

»Eine Bitte, Maestro«, flüsterte sie. »Sie dürfen mich während des Spiels nicht ansehen. Diese Flügel sind doch abscheuliche Instrumente. Schließen Sie die Augen und denken Sie, es sei eine Harfe, worauf ich spiele. Eine Harfe –.« Sie schwieg plötzlich und dachte diesem Lieblingsgedanken nach – die Tonfülle des Konzertflügels stehend einer großen, drachenköpfigen, goldenen Harfe zu entlocken. Inzwischen waren auch die letzten Zuhörer in den Saal gekommen und saßen oder standen an den Pilastern und Türfüllungen. Elisabeth nahm den Sessel ein und senkte die weiße Stirn. Ehe sie zu spielen begann, machte sie den an ihrer Schulter befestigten Veilchenstrauß los und drückte ihr Gesicht in die kühlen duftenden Blumen. Dann legte sie den Strauß zur Seite, legte beide Hände auf die

Tasten und begann mit einem leisen, langsam sterbenden Akkord. Was sie nun spielte, wurde von vielen für altitalienisch gehalten, eine fest, fast herb geführte Melodie mit ebenso herben, gleichsam versteinerten Ranken der Begleitung. Die weich, doch klar anschlagenden schlanken Finger der Künstlerin zauberten Wunder aus dem Instrument. Während sie von der Harfe träumte, schmeichelten diese Finger den Saiten des Flügels so schonend und schwesterlich vertraut, daß diese Saiten, in ihren innersten Geheimnissen belauscht, ihre reinste und seligste Stimme hergaben. Jeder Ton der einfachen, altmodischen Melodie klang durch den Saal wie der Ton aus der Brust einer Sängerin.

Der Fluß der Melodie zerrann bis auf einen dünnen Silberfaden. Der letzte Ton verlor sich in jenes mit Sordino gespielte taktelange, flüsternde Delirieren in Septimenakkorden, das man bei Schumann zuweilen findet. Diese unbestimmte, konturlose Tönewelle wuchs langsam bis zu einem etwas verschleierten, unruhigen Brausen, das den Zuhörer in süßer Folter spannt und auf ihn wirkt wie der Strich einer Frauenhand. Da stockte plötzlich den erregten Gästen der Atem. – Aus dem tönenden, rieselnden Wirrsal stieg plötzlich, wie aus dem Gewirre eines Nachtfestes eine Rakete steigt, eine blendend helle Figur empor, ein doppelt verschlungener Lauf mit atemberaubend ungleichen Intervallen. Die brillante Figur löste sich, wie eine aus großer Höhe fallende Garbenrakete, in der Höhe mit einer schwach angeschlagenen Dissonanz auf und fiel in zahllosen winzigen, zerstäubenden Trillern in die Dämmerung der halbverschleierten, wiegenden unbestimmten Tonflut zurück.

Elisabeth machte eine Pause. Im Saal brach lauter Beifall los. Sie schenkte ihm keine Beachtung. Sie nahm den Veilchenstrauß vor das Gesicht, reckte den linken Arm, schaute einen Augenblick zum Fenster und in die schwarzblaue Parknacht, schüttelte leicht den eleganten Kopf und schlug einen kräftigen Ton an. Der Saal ward still. Aber Elisabeth begann noch nicht wieder zu spielen. Sie besann sich eine ganze Weile. Da kam plötzlich eine ihrer elementar hervorbrechenden Launen über sie. Sie warf den Kopf zurück, lachte leise, holte mit beiden Armen wie zu einem überraschenden Schlage aus und spielte fortissimo in rasendem Tempo eine frenetisch wilde Tanzweise. Die fiebernd rasche Musik im zitternden, hinreißenden Takt riß wie ein Blitz durch den feierlichen Tempel der Musik und erfüllte den Saal mit einem heißen, zehrenden Duft von Sinnlichkeit und Mänadengelächter.

Diesmal entzog sich Elisabeth dem Beifall nicht. Sie ließ sich von Komplimenten und Schmeicheleien umgeben und trank durstig den überschäumenden Becher des Triumphes aus, den ihre Kunst und ihre Schönheit gemeinsam feierten. Der prachtvolle Kranz wurde ihr zu Füßen gelegt, sie brach einen Blütenzweig daraus und steckte ihn in den Gürtel. Von den glückwünschenden und begeisterten Herren umdrängt, begab sie sich in einen ihr zu Ehren geschmückten kleinen Salon, wo beim leisen Klirren der Eisbecher und Champagnergläser der Rest des Abends wie ein geistreicher, auf der Grenze der Sitte schaukelnder Scherz verklang. In den Augen Elisabeths glimmte wieder jene kühle Glut; der geistreich schöne Quattrocentokopf, der vor einer Stunde die verklärte Schönheit einer inspirierten Heiligen hatte, wiegte sich nun schön, frech und berükkend wie der Kopf einer hochgeborenen Kurtisane auf dem berühmten Nacken, dessen Linien wie ein Traum des Rossetti waren. Von ihrem Körper strömte der feine betörende Duft des raffinierten Weibes, und auf ihrem blaßroten Mund lag ein nuanciertes Lächeln, in dem von Augenblick zu Augenblick Verlockung, Ironie und Verachtung wechselten.

Martin erhielt am selben Abend noch den Rosengruß des Burkhard'schen Festes. Unter den Karten war diejenige Elisabeths. Diese trug unter dem Namen die mit Bleistift geschriebenen Worte »– grüßt den blassen Dichter«. Langsam riß Martin das Stückchen Papier entzwei und ließ es zu Boden fallen. Er ergriff eine der Rosen, drehte sie erregt in den Fingern, betastete die weiche, vielblättrige Blüte und zerpflückte sie, daß die hellroten Blütenblätter sich auf dem Teppich zerstreuten. Dann eine zweite, dann noch eine, und wieder eine, bis er voll Unmut aufsprang und die Kerzen auf seinem Lesetisch anzündete. Er öffnete einen niederen Mappenschrank und zog eine Bildermappe mit der Aufschrift »Dante Gabriel Rossetti« hervor. Aus dieser Mappe fiel ihm von selbst eine Gravüre großen Formats entgegen, eine Reproduktion des Bildes »Dantes Traum«. Die Beatrice dieses Bildes hatte im Antlitz eine hervorragende Ähnlichkeit mit der schönen Elisabeth.

Quälende Gedanken beschäftigten den Dichter, während sein Auge auf den Umrissen dieses schönen Hauptes ruhte. Er glaubte genau wissen, daß ihn der Sieg über die spröde Künstlerin nicht lange beglücken würde. Zwei Menschen, von denen jeder den naiven Genuß des Lebens verlernt und jeder alle Kräfte seiner unruhigen und zerwühlten Seele einem maßlosen Künstleregoismus untergeordnet hatte – das mußte eine Vereinigung ohne Dauer werden. Dennoch fühlte er die Notwendigkeit dieser Vereinigung, wie man die Notwendigkeit einer letzten Liebe fühlt. Elisabeth stand ebenso wie er an jener Grenze der Jahre und der künstlerischen Reife, welche notwendig entweder der Ruhe eines schauenden und milden Glückes oder dem ersten Schritt zur Selbstverzehrung und zum Untergang ruft. Jetzt glaubte Martin den Augenblick gekommen, sein Leben mit einer gewagten und blendenden Leidenschaft zu krönen, einerlei ob sie ihm neue Kraft oder den Untergang bedeute. Denn er wußte wohl, daß nach Elisabeth keine Frau mehr ihm etwas zu schenken haben würde.

Wieder betrachtete er das Bild seines Lebens, dem er seit Jahren gewaltsam, ehrgeizig und unerbittlich die Form eines strengen, unabhängig in sich selbst ruhenden Kunstgebildes gegeben hatte. Wieder besann er sich, ob es klug war, so viel zu beschneiden und abzuweisen, und wieder fühlte er wohl, daß dieses Besinnen zu spät gekommen war, und daß für ihn der einzige Weg der vorwärts führende war, der Weg der konsequenten Selbstführung, Vereinsamung und Weltverachtung, daß ein peinigendes Ungenügen ihm die Tage vergiftete. Daß er in kranken Stunden und in schlaflosen Nächten oft von einer fast kindischen unstillbaren Sehnsucht nach Trost, nach Religion, Aberglauben, Liebe und Götterverehrung gepeinigt wurde, hielt er zäh vor sich selber geheim. Wenn er nachgab, wenn er wirklich für sein Leben eine außer ihm liegende Stütze bedurfte, und sich das gestand, dann fiel das Gebäude fleißiger Jahre zusammen und riß seinen einzigen Trost, die souveräne Selbstachtung, mit in die Trümmer eines gebrochenen und verlorenen Lebens.

3

Das Gedicht »Elisabeth« war vollendet. Seine Form erinnerte an die huldigenden Gedichte, die an den italienischen Fürstenhöfen der Renaissance entstanden. In die Verse, die von der einsamen, unbefriedigten, grausamen Art der schönen Dame sagten und davon, daß sie nie geliebt habe, – in diese Verse hatte Martin die ganze aufreizend preziöse Kunst seiner vollendet reinen Sprache gelegt. Diese Verse redeten von den unsäglich fein verwirrten, stachelnden Stimmungen einsam schlafloser Nächte, in denen heiße Hände sich auf die heißen Schläfen pressen und jede Bewegung und jeder Gedanke dem verhaltenen, heiseren Schrei der Unlust, der Liebessehnsucht und der Selbstpeinigung gleicht. Die ganze zitternde Qual eines großen, aber verlorenen und unstillbar sehnsüchtigen Künstlerlebens blitzte bleich und schwül durch das Gedicht.

In diesen Tagen besuchte Martin die Künstlerin in ihrem Boudoir. Er hatte das Gedicht in winzigen Buchstaben auf Sedezblätter schreiben lassen und das zierliche Heftchen in einem Blumenstrauß verborgen. Diesen Strauß übergab er nun Elisabeth.

Sie dankte scherzend und begann von ihren Sommerplänen zu sprechen. Sie pflegte seit Jahren jedesmal in den Sommermonaten spurlos zu verschwinden, auf hastige, ziellose Reisen, bei welchen auch die größten Entfernungen sie nicht abschreckten. Man konnte sie dann unvermutet irgendwo im Engadin treffen, sie aus den Augen verlieren und einige Tage darauf einen Gruß von ihr aus Norwegen oder von einer Nordseeinsel erhalten. »Und Sie?« fragte sie plötzlich, »werden Sie wieder Ihr langweiliges Luzern oder Ihren Liebling Zermatt aufsuchen?«

»Nein, Elisabeth.«

»Nicht möglich! Oder Sankt Moritz?«

Martin besann sich einen Augenblick.

»Erinnern Sie sich«, fragte er dann, »noch eines Märchens, das ich im letzten Jahr bei Burkhard vorlas?«

»Ah, das Liebesschloß im nördlichsten Meer, wo die Wikingerfürsten rasende, raubmörderische Feste feiern. Ich erinnere mich wohl daran, an den Turm, der bis zur Zinne von der Brandung überspritzt wird und an das rote Drachenschiff, – Sie haben nichts geschrieben, was so unmöglich und frech und zugleich so berauschend ist. Aber wie kommen Sie jetzt darauf?«

»Ich gedenke, dieses Schloß im nördlichsten Meer aufzusuchen, und werde morgen die Frau, die ich liebe, auffordern, mich zu begleiten.«

Die klaren Augen des Dichters verschleierten sich seltsam und blickten trübe glühend auf die leichte, adlige Gestalt des Mädchens. Sie verstand ihn nur halb. Doch ward sie befangen und hielt den Blick des Dichters nicht lange aus.

»Sie Märchenpoet!« rief sie mit verlegenem Lachen. Dann begann eine grausame Neugierde sie zu stacheln.

»Wird die Frau aber mitgehen wollen?«

»Ich weiß es nicht.«

»Und wenn sie nicht will?«

Martin war blaß und atmete stark.

»Sie will doch«, rief er erregt. »Sie will, auch wenn sie nein sagen wird. Sie wird gewiß nein sagen. Dann aber werde ich sie zwingen und ihr die Bannformel der alten

Wikinger in's Ohr sagen, die den Frauen das Blut berauscht und sie nach Tod und Liebe lüstern macht.«

Der Dichter zitterte und kämpfte mühsam mit der plötzlich lodernden Leidenschaft, die seinen Lippen unmögliche, schreckliche Worte aufdrängte und seine Gedanken in sinnlos tollen Wirbeln verwirrte. Elisabeth betrachtete das scharfe, erregte Gesicht des Dichters, das sie nie anders als glatt, lächelnd und schweigsam gesehen hatte. Alle gebändigte Leidenschaft und aller verborgene Gram der feinen Züge lag jetzt unverhüllt in harten Furchen auf diesem Antlitz.

Langsam ward der Mann seiner Erregung Herr. Er hatte seine Stimme wieder völlig in der Gewalt und stimmte sie nun plötzlich auf den gewohnten, liebenswürdig kühlen Ton.

»Wie Sie sehen, schöne Muse, werde ich, gleich König Saul, zuweilen von bösen Geistern heimgesucht. Sie kennen die Geschichte, zwar nicht aus dem Alten Testament, aber doch aus einigen berühmten Bildern. Das ganze Alte Testament hat wenig so lieblich zarte Züge wie die Erzählung vom süßen Harfenspiel des Knaben David, das in qualvollen Stunden die schwermütigen Falten von der Stirn des Königs vertrieb. Ich wollte Sie heute bitten, mir diesen Davidsdienst zu tun. Unter Ihren Händen wird ja selbst der poesielos plumpe Flügel zur Harfe, auch ist mir, als könnte selbst jener von Gott begnadete Jude nicht so über die Saiten geherrscht haben, wie Sie mit Ihren schönen, wunderbaren Frauenhänden. Wissen Sie, daß ich Ihre Hände studiert habe? Neulich im Garten unsres allwissenden Historikers, während Sie mit den Sternen redeten. Mir fielen dabei alle schönen Frauenhände ein, von denen die

Geschichte und die Sage weiß, namentlich die Hände der Beatrice, lauter Hände von Frauen, deren Adel und Schönheit Tausende von Dichtern und Malern bis zur brennenden Sehnsucht gereizt hat. Von solchen Händen träumten jene schlanken, zärtlichen Florentiner um die Zeit des Filippo Lippi, und sie feierten eine seltsam verklärte Auferstehung in den gemalten Gedichten dieser ätherischen englischen Primitiven, die Sie so gern haben. Darf ich diese Hände bitten, mich zu trösten und mir eine Freude zu machen?«

Elisabeth hatte diese gewaltsame Rückkehr zum schmeichlerischen Plauderton in Erstaunen gesetzt. »Wissen Sie auch«, gab sie zur Antwort, »daß jener Saul den Speer nach seinem Tröster warf? Das ist so recht Männerart, mit der Schönheit und mit der Kunst zu spielen, bis die knabenhafte Lust am Zerstören über sie kommt.«

»Ich antworte darauf nicht, Elisabeth. Sie sind ein Kind, wenn Sie von den Männern reden. Aber ich wiederhole meine Bitte an Ihre schönen Zauberhände.«

Und Elisabeth willfahrte. Sie winkte dem Dichter, sitzen zu bleiben, und begab sich nachdenklich in das Nebenzimmer, in dem ihr Flügel stand, und spielte das Rondo einer Beethovensonate.

Als sie zurückgekehrt war und Martin sich verabschieden wollte, nahm sie nochmals seinen Blumenstrauß in die Hand. Indem sie ihn gegen ihr Gesicht neigte, fiel ihr aus den Blumen die kleine Manuskriptrolle entgegen. Aber ehe sie fragen oder die durch eine Schleife zusammengehaltenen Blätter entfalten konnte, hatte ihr Martin die Hand geküßt und ihre Wohnung verlassen.

Erfreut und neugierig öffnete sie die Rolle und las als

Titel ihren Namen. Da überfiel sie eine zitternde Aufregung, und sie wußte plötzlich alles. Sie sank in einen Sessel und starrte lange, ohne ein weiteres Wort zu lesen, auf diesen zierlich geschriebenen Namen. Wie durch einen raschen, erschreckenden Blitz erleuchtet, übersah sie die Wichtigkeit dieser Blätter und dieser Stunde. Der Tag war nun da, von dem sie oft geträumt und an den sie doch kaum mehr geglaubt hatte – der Tag, an dem sie die Sprache der Leidenschaft zum ersten Mal von einem Manne vernahm, den sie nicht verachtete und für den sie sich nicht zu gut erschien. Eine schwere dunkle Woge von halbflüggen, rasch verleuchtenden Gedanken drang auf sie ein, ein Wirbel von Fragen, Zweifeln, Ungewißheit, Stolz, Angst, Freude und Herzweh, dem sie für Augenblicke völlig unterlag. Sie kniete auf einen niederen Polstersitz und drückte Stirn und Brust ratlos stürmisch an die Wand, sie fühlte das Bedürfnis, laut zu schluchzen, und fand doch keine Tränen. Dazwischen stieg plötzlich das Bild jenes grausam schwelgerischen Liebesmärchens vor ihr auf, das rote Schloß am nördlichsten Meer, in dem die Schreie unstillbarer Liebeswut gell und verzweifelt sich in den Donner der ewigen Brandung mischen, und es war ihr, als würde sie willenlos von lachenden, brutalen Räubern nach jenen üppigen Sälen geschleppt, mitten in Angst und Tränen ein wildes, gellend schmerzliches Gelächter lachend.

Mehr als eine Stunde verging, ehe sie sich erhob und fähig war, die Verse Martins zu lesen. Nun zog sie sich mit den Blättern in eine von lebenden Blumen und Lorbeeren umgebene Nische zurück und las. Eine neue Angst erfüllte sie nun, während sie halblaut sich die geschmeidigen süßen Verspaare vorsagte. Dieser Dichter redete von Dingen, deren Schauplatz die verborgenste Stille ihrer Nächte war, er kannte sie bis in die scheuesten Regungen ihres Lebens und redete von ihrem Körper, als hätte er ihn nackt gesehen. Während des Lesens war ihr beinahe, als hätte sie sich diesem Manne schon ergeben, als wäre nichts mehr an ihr und selbst nichts mehr an ihrer Kunst, was er nicht schon durchschaut und genossen hätte. Dennoch konnte sich Elisabeth dem Zauber der zarten Schmeichelei nicht entziehen, der aus jedem Verse strömte wie ein leiser, aber unentrinnbarer lockender Duft. Der Dichter redete von ihren Träumen und von ihrem leisen Stöhnen im Schlaf, als hätte er Nächte hindurch an ihrem Herzen liegend den Takt ihres Blutes und den Wechsel ihres Atems belauscht. Aber er redete doch von ihr wie von einer Fürstin, und er verstand und teilte ihr verborgenes Ungenügen, ihr Heimweh und ihre Weltverachtung, er goß auch noch über die verdorbensten Tiefen ihrer Seele den reinigenden Zauber ihrer und seiner Kunst. Mit einem Mal begriff sie des Dichters und ihre eigene Sehnsucht, indem sie verstand, warum er sie allein der Huldigung seiner Poesie und seiner Leidenschaft für würdig hielt. Sie sah in seinem ihr bisher noch verborgenen Innern ihre eigenen, allen anderen unverständlichen Wünsche, Leiden und Entbehrungen brennen. Auch schmeichelte es ihr in hohem Grad, daß gerade dieser ungewöhnliche, unzugängliche und mit seiner Meisterschaft kargende Dichter eine so vollendete und kostbare Gabe für sie als einzige Besitzerin und Leserin geschaffen hatte.

Martin brachte den Tag in einem furchtbaren Fieber der Erwartung zu. In der Furcht, Elisabeth möchte plötzlich abreisen, streifte er von Stunde zu Stunde um ihr Haus. Die Ungewißheit der Wirkung seines Geschenkes folterte ihn entsetzlich. Er wußte wohl, daß kaum je in einer so peinlich strengen, perfekten Form eine so rücksichtslos gewagte Indiskretion geschrieben worden war. Und doch empfand er eine Art von Freude darüber, daß jetzt eine Entscheidung notwendig geworden und seiner Willkür entzogen war. Er suchte sich auszumalen, welche Folgen eine Abweisung für ihn haben würde. Das war nicht dasselbe wie eine einfache abgewiesene Liebeserklärung; wenn Elisabeth nein sagte, war jede flüchtigste Begegnung mit ihr für immer verboten und damit Martins bisheriges Leben wie ein Faden abgeschnitten, denn die Kreise, in denen Elisabeth und er die ersten Namen waren, waren dann für ihn unmöglich. Und was dann? Er überlegte sich nochmals alle früher entworfenen Pläne. Eine gewisse Möglichkeit hatten nur zwei davon: Die Rückkehr in das Milieu, das er sich jahrelang konsequent und eisig entfremdet hatte, oder die endgültige Beschränkung auf die eigene Gesellschaft. Irgendwo, etwa in Florenz, eine Wohnung mieten oder ein Haus bauen, viel reisen, seine Schöpfungen entweder verborgen halten oder einem Verleger übergeben. Das Dritte wäre der Revolver oder die Gletscherspalte im Hochgebirge, aber Martin hatte sich den Gedanken des Selbstmords immer mit Strenge ferngehalten, vielleicht im instinktiven Bewußtsein, daß seinem ohnehin verarmten Leben dieser Hintergedanke auch den letzten Glanz, seinen unbeugsamen Stolz, rauben würde. Auch jetzt gewann dieser Gedanke nicht Gewalt über ihn.

Erst gegen Abend wurde Martin ruhiger. Es war keine Nachricht von Elisabeth gekommen, sie hatte keinen Entschluß gefaßt, und ihm blieb die Möglichkeit, sie noch in der letzten Unterredung zu gewinnen. Er beschloß, diese Möglichkeit so besonnen als möglich zu benützen, nahm früh am Abend ein starkes Schlafmittel und erwachte am anderen Tage erst spät.

Auch Elisabeth hatte inzwischen beschlossen, alles dem letzten Besuch Martins anheim zu geben. Am Morgen nach unruhigem Schlummer früh erwacht, bemühte sie sich mit aller Kraft kühl und ihrer Erregung Herrin zu bleiben.

Um dieselbe Stunde wie Tags zuvor ließ sich der Dichter melden. Sie empfing ihn gelassen und freundlich in ihrem Musikraum. Die alltäglichen Fragen und Antworten wurden gewechselt. Der Dichter begann zuerst den Kampf.

»Darf ich fragen, Elisabeth, ob Sie meine Gabe schon gelesen haben?«

»Sie wollen, daß ich Ihnen dafür danke?«

»Ich habe das nicht gesagt. Aber ich schuf die kleine Dichtung mit der zweifelnden Hoffnung, sie möchte von Ihnen verstanden werden. Wissen Sie noch, daß ich Ihnen eines Abends davon erzählte?«

»Ich weiß noch, und ich dachte daran, als ich Ihre Verse las. Auch sage ich Ihnen gerne, daß ich bessere noch nicht gelesen habe. Sie behandeln die Worte und Reime wie ein Goldschmied sein Metall behandelt.«

»Sehr gütig –«

»Daß ich über den Inhalt Ihrer Verse etwas erstaunt war, können Sie wohl begreifen?«

»Ich begreife es, obwohl –«

»Ohne obwohl! Ich wußte nicht, daß es erlaubt ist, Dinge wie die von Ihnen gesagten mehr als zu denken.«
»Und zu denken sind sie erlaubt?«

»Sie sind ein Sophist! Aber meinetwegen: ja, zu denken ist alles erlaubt.«

Es entstand eine Pause. Elisabeth wühlte nervös in einem Stoß von Notenblättern, Martin schritt langsam, aber aufgeregt im Zimmer auf und ab und blieb zuletzt an einem Fenster stehen. Seine Stimme klang scheu und gespannt herüber:

»Elisabeth! Wollen Sie mir eine Frage erlauben?«

»Fragen Sie!«

»Sind jene Verse wahr?«

Auch die Künstlerin verließ nun ihren Sitz und wanderte unstet durch das große Zimmer. Wieder hörte sie Martins Stimme: »Sie antworten mir nicht?«

»Nein, ich antworte Ihnen darauf nicht.«

»Dann – Wissen Sie, daß es mir nicht möglich sein wird, Sie jemals wieder zu sehen, wenn ich keine Antwort erhalte?«

»Ich weiß das.«

»Und geben mir keine Antwort?«

Sie schwieg.

»Elisabeth! –«

Sie begann wieder auf und ab zu gehen. Er folgte ihr und blieb in ihrer Nähe stehen, während sein Blick sie nötigte, Halt zu machen.

»Ich denke, Sie werden mich nicht in meinem eigenen Hause bedrohen, Herr Martin.«

»Ich weiß nicht. Sie reizen mich so grausam, und Sie wären wehrlos, wenn ich sie jetzt ergreifen und an mich drücken und mit Küssen ...«

»Halt! Schämen Sie sich doch, mir zu drohen.«

»Ich wollte nicht drohen, Sie haben mich unterbrochen.

Ich wollte noch eine Frage an Sie richten. Wissen Sie, daß in diesem Augenblick der einzige, der einzige Mensch vor Ihnen steht, der Sie versteht?«

»Ja, ich glaube Ihnen das.«

»Nun, Sie haben damit auch meine erste Frage beantwortet – Und nun die letzte: Spielen Sie jetzt Komödie oder ist es Ihr Ernst, daß Sie den einzigen Menschen, der fähig ist, Ihre Kunst zu verstehen und auf jedes Lächeln Ihrer Seele zu antworten, – daß Sie diesen von sich weisen? Den, der allein wagen darf, Sie an die Bruderschaft der ungewöhnlichen Seelen zu erinnern? Und außerdem: könnten Sie den als Feind oder Fremden leben wissen, der Sie durch Verwandtschaft und Ebenbürtigkeit bis in jede Heimlichkeit kennt und versteht?«

Martin erschrak fast, als in diesem Augenblick Elisabeth in ein plötzliches, kurzes, lautes Lachen ausbrach. Zugleich traf ihn aus ihren Augen der Blick, auf den er seit Monaten unter Zweifeln hoffte. Er streckte die Arme nach ihr aus, aber sie entwich ihm rasch und wehrte ihn mit beiden Händen ab: »Laß, laß!« flüsterte sie keuchend. »Ich fürchte dich heute. Laß mich, ich befehl' es dir!«

»Du spielst mit mir, Elisabeth!«

»Nein, nein. Bei Gott, nein! Aber laß mich jetzt allein! Ich schreibe dir morgen, – heute –«

4

Sie schrieb noch am selben Tag ein Billet. »Ich reise morgen und bin bis Montag für niemand vorhanden. Am Montag Nachmittag promeniere ich, wenn ich nicht tot bin, am Schweizerhofquai in Luzern.«

Es freute Martin, daß sie Luzern gewählt hatte. Die Worte »wenn ich nicht tot bin« kamen ihm frauenhaft und lächerlich vor. Er beschloß schon nächsten Tags zu reisen und begann sogleich die Garderobe und einige Bücher auszuwählen, die er mitnehmen wollte.

Während er damit beschäftigt war, ließ sich Burkhard melden und trat gleich hinter dem Diener ein.

»Guten Tag, ich komme etwas später, als ich versprochen hatte.« Martin begrüßte den Freund und setzte sich mit ihm an einen Rauchtisch.

»Du siehst gut aus«, lobte Burkhard, »und willst schon reisen, wie es scheint? Allein?«

»Allein. In die Schweiz.«

»Luzern?«

»Ich weiß noch nicht.«

»Es ist schade, daß du nicht bei meinem Abend warst. Eure Halbgöttin war da, diese Elisabeth. Sie fragte nach dir.«

»Hat sie gespielt?«

»Fabelhaft. Ich bin jedesmal wieder erstaunt. Wirklich fabelhaft! Im Augenblick ist niemand in Europa, der so auf dem Klavier singen kann. Und sie war schön! Ich wußte das bisher kaum. Raffiniert schön!«

»Na ja. Also sie hat dich geködert.«

»Ja und nein. Man sagt ja, sie sei eiskalt. Aber sie spielte da einen Walzer, eine verwilderte und heiße Musik. Wenn du das gehört hättest! Das war eine Flamme, ein Lustschrei, als wäre sie nackt durch den Saal getanzt. Ich verstand sie wirklich nicht. Sie muß die ganze Weiblichkeit in den Fingerspitzen haben.«

»Und jetzt folgst du errötend ihren Spuren. Leider etwas

zu spät, mein Guter. Wie sie mir sagte, reist sie heute und ist dann, wie du weißt, auf Monate verschwunden.«

»Per Baccho! Heute, sagst du?«

»Heute. Es ärgert dich?«

»Noch nicht. Ich mache doch einen Versuch.«

»Viel Vergnügen!«

»Soll ich ihr was von dir sagen?«

Martin lachte. »Meinetwegen. Du kannst ihr sagen, ich hätte dir die Parole mitgegeben: bis dat qui cito dat.«

Burkhard fuhr nach Elisabeths Wohnung. Er fand alles im Wirbel der Reisevorbereitung. Dennoch wurde er angenommen.

»Sie reisen schon, gnädiges Fräulein? Und ohne, daß man eine Ahnung davon hat! Eben im Augenblick, da ich Ihnen –«

»Herr Burkhard, wollen Sie mir eine Liebeserklärung machen oder mich zu einem Konzert engagieren?«

»Beides und noch viel mehr. Ich bin wirklich bestürzt über Ihre raschen Entschlüsse.«

»Ich kann ja wiederkommen, wenn es sich lohnt. Also erst die Liebeserklärung!«

»Ich habe sie wirklich noch nicht einstudiert. So etwas will doch Zeit haben! Ich dachte, Sie jetzt des öfteren bei mir zu sehen.«

»Sie sind reizend. Und das will ein Don Juan sein! Nun, ich bin nicht grausam. Montag nach Mittag bin ich in Luzern für eine Stunde zu sprechen, Schweizerhofterrasse. Auf Wiedersehen?«

»Auf Wiedersehen.«

Eine Viertelstunde später fuhr Burkhard schon wieder bei seinem Freunde vor.

»Fabelhaft, das Weib ist rein verrückt. Fragt mich beim zweiten Wort, ob ich eine Liebeserklärung zu servieren habe. Völlig geschäftsmäßig. Ich verliere für zwei Minuten die Haltung, da verabschiedet sie mich schon und schlägt mir ein Rendezvous in Luzern vor!«

»In Luzern?«

»Montag nach Mittag. Sie hatte mich in der Hand wie ein Schnupftuch.«

»Du gehst natürlich hin?«

»Natürlich.«

Martin stand auf und ging in ein Nebenzimmer. Nach wenigen Minuten kehrte er zurück. Er war blaß wie eine Wand. Einen Augenblick blieb er nachdenkend stehen. Dann schüttelte er heftig den Kopf und trat neben Burkhard an den Tisch, auf den er zwei Revolver legte.

»Na, aber –?« fuhr Burkhard auf. Martin antwortete nicht, er fühlte sich seiner Stimme nicht sicher.

»Übrigens hübsche Waffen«, sagte Burkhard. Martin faßte sich gewaltsam.

»Nicht wahr?« sagte er. »Du kannst wählen. Wir schießen in diesem Zimmer aufeinander, wenn du mir nicht dein Ehrenwort gibst, am Montag in Luzern zu fehlen.«

»Alle Teufel!« fuhr nun Burkhard heftig auf. Martin lächelte bitter: »Es wäre mir angenehm, wenn du dich etwas gewählter und deutlicher ausdrücktest.«

»Viel verlangt«, meinte jener achselzuckend. »Aber überlegen wir uns die Sache! Es ist immer noch Zeit, auf deine Tapeten zu knallen, für die es übrigens schade wäre. Bei mir auf dem Lande sind passendere Orte für dergleichen Scherze. Vielleicht hast du die Güte, mir eine Disposition der Sachlage zu geben.«

»Natürlich: langsam und gründlich! Nun, meinetwegen: Die Sachlage ist, daß wir ohne deinen freundlichen Bericht am Montag beide zugleich im Schweizerhof erschienen sein würden. Ich allerdings mit älteren und weitergehenden Rechten.«

»Eigentlich eine komische Konkurrenz. Und du hast keine Lust, mich durch Großmut zu beglücken?«

»Allerdings nicht. Ich habe an diese Luzerner Stunde meine ganze Zukunft geknüpft.«

»Nicht möglich! Heiraten?«

»Nein. Wichtigeres, was du aber nicht verstehen würdest.«

»Danke.«

»Es ist mir Ernst damit.«

Burkhard erhob sich und überlegte, während er mit einem der kleinen Ziergewehre spielte. Er konnte zu keiner Entscheidung kommen.

»Du willst morgen reisen«, sagte er zuletzt.

»Also noch Zeit genug! Das Schießen müßte doch draußen bei mir erledigt werden. Heute abend hast du meine Einladung dazu oder entsprechende Antwort.«

Ohne Gruß verließ er die Wohnung.

Am nächsten Morgen stieg Martin in den D-Zug. Er überlas nochmals Burkhards Billet: »Glückliche Reise! Sagen Sie der Musikantin: bis dat qui cito dat.* Briefe von ihrer Hand werde ich mich künftig nicht für berechtigt halten zu öffnen.« Martin konnte der Bruch seiner letzten Freundschaft nicht stark betrüben.

* Lateinisch: Doppelt gibt, wer schnell gibt. (Publius Syrus, 50 v. Chr.)

In wachsender Erregung sah er auf die vorübergleitenden Landstriche hinaus, bis nach endlos trägen Stunden das neblige Haupt des Pilatus sichtbar wurde. Ein Kommissionär empfing ihn am Luzerner Bahnhof. »Ist alles besorgt?«

»Wir werden heute fertig. Das Motorboot mußte repariert werden.« –

»Schon gut. Machen Sie mir morgen gegen elf Bericht, im Schweizerhof.«

Der Dichter ging langsam zu Fuß nach dem Hotel. Quai und Brücke wimmelten von Fremden. Der Abend war klar und warm und zeigte die zierliche, helle Stadt mit der farbig wimmelnden Seepromenade in der Beleuchtung, die sie am meisten ziert. Über dem dunkelgrünen Seebusen glitten die farbigen Nachen und die weißen zierlichen Dampfer, hinter der Kuppel des Bahnhofs stieg der schwarze Pilatus auf und jenseits der grüne Rigi, auf den zahlreichen alten Stadttürmen glänzte die späte Sonne. Martin blickte über die Seeweite hinaus. Er hatte bei Vitznau ein Chalet gemietet, für sich und Elisabeth. Während er auf die grüne, silbern sich verlierende Fläche starrte, verwandelte sich vor seinen Augen das harmlos farbige Bild. In greifbarer Deutlichkeit sah er das Meer vor sich, das »nördlichste Meer« seines Märchens, und sah die purpurnblaue Flut an turmhohen Felsen branden.

5

Am nächsten Tag fuhr Martin mit dem Agenten nach Vitznau. Das Chalet, das er gemietet, lag oberhalb des Dorfes hart am See, seitab vom Wege. Mit Ausnahme der noch vorbeifahrenden Dampfer war hier von dem lauten Jahrmarkt des Sommerlebens nichts zu sehen. Gegenüber lag links das Buochser Horn, rechts der Bürgenstock, dazwischen im Hintergrund das Stanserhorn, während rückwärts hinter der durch dichtes Laub verborgenen Uferstraße die steile weiße Fluh aufstieg. Dieser kleine Gartenwinkel bewahrte auch jetzt, während der Reisesaison, etwas von der herben Schönheit und Frische, welche im Frühling und Spätherbst den See und seine Ufer schmückt. In dieser einfachen, fast idyllischen Landschaft, in dem metallisch herben Farbenwechsel des klaren Wassers und den mit Obstbäumen bepflanzten hellgrünen Uferstrichen fand das verwöhnte Auge des Dichters eine Befriedigung, die er im Hochgebirge und im Süden vergeblich suchte. Während die Form des Gebirges und die Art und Farbe der Vegetation hier schon die undefinierbare alpine Kraft und Reinheit zeigt, hat doch die Landschaft noch etwas von der Idylle des Mittelgebirges, noch Wald, Obstbau und die schlichte Anmut des Kulturbodens. Martin hatte dafür ein scharfes Auge und liebte diese Gegend, weil sie ihn an seine Heimat und an die Zeit erinnerte, in der die Natur und Landschaft noch Macht über ihn hatten. Die Wochen, in welchen er sich in diese grüne Stille zurückzog, gaben ihm jedesmal eine leise Empfindung von wohltuender Traurigkeit, ähnlich der, mit welcher man nach langer Entfernung die Spielplätze der Kinderzeit wieder betritt. In dieser grünen Stille gab er sich ohne Widerstreben der Träumerei und der Rückschau über das eigene Leben hin, und hier füllte sich seine Phantasie mit den zarten, märchenartigen Inspirationen, denen später in der strengen Tätigkeit des Jahres sein Fleiß und sein wählerischer Geschmack die entscheidenden glücklichen Formen zu geben versuchte. In diese Zurückgezogenheit pflegten ihn die Lieblingsdichter zu begleiten, eine kleine Sammlung meist alter Editionen der griechischen Idyllendichter des Longus, des Ariosto und einige Bände italienischer Sonette. Mit eigentümlicher Stimmung betrachtete er heute diese Landschaft und gedachte der nächsten Zeit, welche ihm diesmal statt der träumerischen, empfänglichen Ruhe des einsamen Landlebens eine sein Wesen innerst erregende und mit aller Unersättlichkeit seines ungenügsamen Wesens genossene Leidenschaft füllen sollte.

Ein alter Bootsmann grüßte den Dichter vom See aus mit geschwungenem Hute.

»Adieu, Herr Zimmermann«, rief Martin nickend ihm zurück.

»Jetzt wird's wieder an's Rudern gehen«, lachte der Alte. »Welches Boot wollen Sie heuer haben?«

»Einstweilen keins«, dankte Martin. »Ich werde, denk' ich, Besuch haben. Später dann, Herr Zimmermann.«

Enttäuscht fuhr der Alte weiter, der Schiffflände zu.

Gegen Abend fuhr Martin im Motorboot langsam über den golden leuchtenden See nach Luzern zurück, mit dem Gefühl, daß er heute zum letzten Male dieses ihm lieb gewordene Stückchen Erde in der bisherigen stillen Reinheit genieße. In Luzern empfing ihn das bewegte Leben der Promenadestunde und die lärmende Kurmusik. Auf einem eben abfahrenden Dampfer bemerkte er die Gestalt eines jungen Mannes mit breitrandigem Hut und kurzer Jacke, dem man ansah, daß er zum ersten Mal den See erblickte. Irgend ein deutscher Student oder Maler, der auf der ersten Reise zum Süden die Strecke bis Flüelen auf dem Wasser zurücklegte. Er blickte unverwandt der jetzt völlig mattgoldenen Seefläche entgegen und verriet in Haltung und Gesicht die ungebrochene frische Schaulust und Wanderfreude der ersten Jugend. Der Dichter wandte sich in seinem Fahrzeug um und blickte ihm eine ganze Weile nach, den Wanderer im Grund seiner Seele beneidend.

Gleich darauf empfing ihn der Hotelportier und drängten sich einige Bekannte um ihn, als er, um das Verglühen des Wassers noch zu betrachten, an einem Gartentisch auf der Terrasse Platz nahm.

»Sie sind nachdenklich«, sagte ihm einer derselben, »an was denken Sie?«

»Ich sah eben«, antwortete Martin, »in das Auge eines Mannes, den ich beneide.«

Und am späten Abend stand er noch lange allein vor dem Hotel und blickte über den Seebusen hinweg zum dunklen Pilatus hinüber. Er besann sich, wie das im Lauf der Jahre so gekommen sei, daß eine Freude um die andere ihm erloschen und in das graue Meer der Gleichgültigkeit oder des lieblosen Interesses gesunken war. Und er erzählte sich selber, daß er nun im Begriff stehe, den letzten Reiz, den ihm die Zukunft noch zu haben schien, zu genießen. Den letzten – die Hingabe des einzigen Weibes, dessen geniale Art und Schönheit ihn fesselte –, und dann kam nichts mehr, dann war der Kreis geschlossen und der letzte Weg zur Freude verloren. Martin wunderte sich selbst, daß auch dieser dunkle Gedanke ihn nicht erschütterte, sondern ihn nur wie ein frostiger Schatten überflog. Er überdachte ihn mit ruhiger Neugierde wie ein fremdes Schicksal. Er wog die strenge Selbstführung und die wenn schon kranke Vornehmheit seiner ungewöhnlichen Existenz gegen ihre

Freudlosigkeit ab und fand, daß es töricht wäre, sie sich anders zu wünschen. Es war eine notwendige Konsequenz seiner ganzen Anschauungsweise, daß ihn im Grunde jede naive Freude als eine Art von Dilettantismus erschien, er fand den Vergleich, daß er dem Leben, wie etwa einem Gemälde der Kenner gegenüberstehe, der auch die Freude am Stofflichen und Zufälligen längst verlernt hat und der im Betrachten eines Werkes mehr den Genuß seiner alles durchschauenden Kennerschaft sucht als eine Offenbarung. Die souveräne Haltung sich selbst gegenüber, die ruhige Selbstbetrachtung – das mußte ihm den Genuß ersetzen, den andere, vielleicht Glücklichere, an der farbigen Oberfläche des Lebens hatten. Das wenigstens hatte er erreicht: Menschen und Ereignissen gegenüber das selbstverständliche Gefühl der Überlegenheit.

Und während die Gedanken des Ungenügens und der Vereinsamung wie Schatten über die Seele des Dichters zogen, begann schon in dieser Seele die geheimnisvolle Kraft zu arbeiten, welche den flüchtigen Wolkenbildern dieser Empfindungen Kontur und Hintergrund gibt und sie in die Sphäre der künstlerischen Darstellung hinüberhebt. Indem die trübe Stimmung dieses Abends sich in die Stimmung eines zukünftigen Verses verwandelte, verlor sie ihre Schwere und gab den Gedanken des Rastlosen eine neue Wendung. Martin wußte, daß nur wenige Menschen dieses ungeheure Überwiegen des künstlerischen Maßstabs in seiner Seele verstehen würden. Er wußte, wie wenig gerade die Dichter unserer Zeit, zumal seine Landsleute, von dieser alles Stoffliche vernichtenden künstlerischen Fähigkeit besitzen. Und er dachte wieder an die Einzige, von der er wußte, daß sie ihm darin ebenbürtig sei.

Elisabeth kam andern Tags vor Mittag in Luzern an. Martin begegnete ihr auf der Treppe des Hotels.

Bald darauf erschien sie an der Tafel, wo sie den Platz neben Martin einnahm.

Als dieser einigen Bekannten zunickte und mit einem Lächeln die bunte, meist englische Gesellschaft überflog, flüsterte sie ihm zu: »Ich weiß, was du jetzt denkst.«

»Nun?«

»Daß wir in dieser Gesellschaft sitzen wie zwei Paradiesvögel in einem Hühnerhof.«

»Gut geraten! Tatsächlich könnte einen der Gedanke bedrücken, daß diese Masse von Geld und Stumpfsinn wirklich ein Teil der ›besten Gesellschaft‹ ist. Es sind drei, vier hervorragende Menschen darunter, aber auch diese sind noch so grob! Wenn du dir vorstellst, du müßtest heute vor diesen Leuten Musik machen!«

»Ich erwarte noch jemand«, sagte Elisabeth, als sie nach der Siesta den Dichter aufsuchte.

»Ich weiß«, antwortete Martin. »Burkhard wird nicht kommen.«

»Woher weißt du denn?«

»Er sagte mir selbst davon. Er wird nicht kommen.«

»Wie kam das zustande?«

»Frag nicht. Er hat verzichtet.«

»Ganz umsonst? Es sieht ihm nicht ähnlich.«

»Er tat es gewiß nicht gerne.«

Martin ließ das Gespräch fallen und schlug Elisabeth eine Bootfahrt vor. Sie bestiegen das hübsche, winzige Fahrzeug Martins und fuhren langsam in den See. Als das Boot sich schon Hertenstein näherte und die weiße Villenstadt Luzern sich dem Anblick entzog, fragte Elisabeth:

»Warum so weit? Ich dachte, wir würden etwa Tribschen aufsuchen.«

»Ein andermal«, lachte Martin und lenkte das Boot der Seemitte zwischen Bürgenstock und Weggis zu. Zugleich begann auf eine leichte Schraubendrehung hin der Motor schneller zu arbeiten, und das Boot glitt wie ein schlanker Pfeil über die sonnige Fläche dahin.

»Aber wohin denn?« fragte Elisabeth

»Mitten in ein Märchen hinein«, antwortete flüsternd der Dichter. Seine leicht verschleierte Stimme vibrierte warm und lebhaft. »Mitten in ein Märchen hinein«, wiederholte er und deutete mit ausgestreckter Hand auf die hellgrüne Seebucht jenseits von Vitznau. »Siehst du dort das rote Haus?«

»Ja, was ist das?«

»Das ist das rote Liebesschloß, in welches ich die Frau, die ich liebe, entführe.« Elisabeth wurde blaß. Sie neigte schweigend das schöne Haupt zur Seite und schloß über den großen Augen die weißen Lider. Das Geräusch der Wellen und der Blick des Mannes, den sie auf sich ruhen fühlte, erfüllte sie wieder mit jenem fremden, bangen Gefühl, als entführe sie ein Piratenschiff auf die wilde Insel der Lust und Verzweiflung, wo der Schrei der Angst und der Schrei der Brunst sich mit dem Lärm der ewigen Brandung vermischt. Sie schrak heftig auf, als Martin mit der Hand ihr Stirn und Haar berührte, und in ihrer unbändigen Seele kämpften die Begierde des Genusses mit dem Widerwillen vor der Unterwerfung einen wilden Kampf. Das Boot eilte rasch über den hellen, glänzenden See, ganz an der Seite der Hammetschwand, bog bei der »Nase«, die Nähe des Dorfes vermeidend, in großer Kurve um, durchschnitt eilig die

Seebreite und fuhr leise in den gemauerten Anlegeplatz. Das rote Chalet lag in der hellen Sonne mit blitzenden Fenstern, der schattige Garten duftete von Jasmin und roten Kressen. Langsam, auf den Arm des Dichters gestützt, erstieg Elisabeth die Stufen des Vorgartens, an der Haustüre wandte sie, bevor sie eintrat, das bleiche Gesicht dem Dichter zu und blickte ihn aus ganz verwandelten Augen lang und durchdringend an. Dann betrat sie mit Martin ein zum Empfang geschmücktes Zimmer des Erdgeschosses, und dann erschauerte sie lachend und schluchzend unter der ersten, wilden Umarmung des geliebten Mannes.

6

Nach dem zügellosen Sturm der ersten Tage genoß der Dichter seine Liebe mit einer gewissen zärtlichen Schonung. Er und auch Elisabeth wußten vom ersten Tage an, daß die Dauer ihres Genusses vom Schatten eines Augenblicks abhinge, von einem Worte, von einem Lächeln, und beide hatten den Wunsch, diesen Tagen allen Glanz eines bewußten künstlerisch geschaffenen Glückes zu geben. Sie reihten die Stunden aneinander wie Verse eines kostbaren Gedichtes.

Früh am Morgen, wenn Elisabeth noch schlief, erhob sich der des Morgenschlafs entwöhnte Martin vom Lager, fuhr über den See an ein waldiges Ufer und brachte von da eine Handvoll Waldblumen mit, die er zurückkehrend seiner Geliebten aufs Bett legte. Der Vormittag, im Garten zugebracht, war von Martin fast ausschließlich der Lektüre gewidmet. In diesen hellen, kühlen Stunden, in der reinen, weltentfernten Stille des Gartens, an dessen Mauern die kleinen Seewellen anschlugen, las er meistens Elisabeth aus Lieblingsdichtern vor, einige Verse des Orlando von Ariost oder ein von ihm übersetztes Kapitel eines Neulateiners. Die kräftige Eleganz dieser Dichtungen eines goldenen Zeitalters beschworen diese Stunden in den beiden Künstlerseelen, denen der Stil ihrer Zeit im Innern zuwider war, den Glanz und die großartige Freiheit einer unvergleichlichen Kultur herauf, die gelesene Dichtung und die große Stimmung der Stunde gab ihren Gesprächen jene Freiheit und adelnde Würde, die in der Gemeinheit unserer Lebensformen von Grund aus unmöglich geworden scheint und deren erhaltene Andenken aus dem Zeitalter der Renaissancehöfe uns wie die Fragmente eines verlorenen unsterblichen Gedichtes herüberklingen.

Zum erstenmal genoß der Dichter so völlig das Glück, seinen Gedanken im Gespräch die geweihte Form zu geben, die ihm sonst in Gegenwart anderer Menschen im Munde erstickte. Elisabeth redete dann wenig, sie lehnte müßig und lauschend im Sitz und antwortete fast nur durch ihre schöne Gegenwart und durch das Spiel ihrer großen, allwissenden Augen. Sie wuchs in diesen glanzvoll stillen Stunden zur ganzen Höhe ihrer ungewöhnlichen Persönlichkeit aus und gewann die prachtvolle reife Ruhe einer großen Existenz, zugleich gereift und vergeistigt umgab sie der fürstliche Duft ihrer wachsenden Schönheit. Martin sprach eines Tages davon zu ihr.

»Wie schön du heute bist!« sagte er eines Tages. »Auch gestern glaubte ich dich schöner als je zu sehen und fürchtete fast, du müßtest dich über Nacht verwandeln. Und heute wieder übertriffst du alles Gestrige. Das ist, scheint mir, wie in den Tagen des letzten Spätsommers, wo jeden

Tag die Luft goldener, die Sonne verklärter und die Ferne weicher, blauer und tiefer wird und wo man täglich die letzte Verklärung der Reife gekommen glaubt und täglich neu beschenkt wird, bis eines Tages der erste wehe Ton des Herbstes in der Luft und auf dem Laube liegt.«

»Wir wollen nicht davon reden«, sagte Elisabeth und neigte ihm ihr Gesicht zu, indem sie lächelte.

»Küsse mich, und lies mir noch einmal das Sonett von gestern.«

Gegen Abend pflegte Elisabeth zu spielen. Dann saß Martin am Fenster, durch das die Blätter des Jasmin hereindrangen, und lauschte den Offenbarungen ihrer vornehmen Kunst, wie sie des Morgens seiner Kunst gelauscht hatte, hingegeben, dankbar und jede flüchtigste Wendung verstehend. Meistens spielte sie ihre ungeschriebenen Kompositionen, improvisierte auch zuweilen. Von ihr ging unter Martins Freunden die Sage, sie denke nur in Musik und verstehe es, in drei Akkorden die Stimmung einer bedeutenden Stunde oder die Seele eines Gespräches zu erschöpfen. In dieser abendlichen Musik strömte sie zuweilen ihr innerstes Wesen so berückend und so reinen Flusses aus, als legte sie ihre unverhüllte Seele dem Geliebten in die Hand.

An einem solchen Abend geschah es, daß mehrere auf dem See schwimmende Vergnügungsboote sich schweigend um die aus dem See steigende Gartenmauer versammelten und daß auf die Stufen der Landungstreppe vor dem Hause mehrere frische Blumensträuße gelegt wurden.

Die Mittagsstunden vergingen unter Geplauder und Liebkosungen. Zuweilen badeten sie gemeinsam in der gewölbten steinernen Halle, oder zuweilen träumten sie schweigend im Schatten der Feigen, manchmal ruhten sie in einer dichten Laube in der warmen Sommerluft, nackt auf Teppichen, und Martin wurde nicht müde, das Haar und den mattschimmernden prachtvollen Körper Elisabeths mit Blätterkränzen und Blumen zu schmücken. Nachts, wenn auf dem Wasser die große Stille war, fuhren sie manchmal leise im Boot durch die blaue Schönheit der Seenacht, schweigend oder nur leise flüsternd und beide seltsam berührt vom schweigsamen Zauber der großen Natur.

»So wie diese Nacht«, sagte auf einer solchen Fahrt der Dichter, »so wie diese Nacht, Elisabeth, dachte ich mir in meiner Jugend das Glück. Das war mein Lieblingstraum: so durch die dunkelblaue Schönheit einer schwärmerisch lauen Sommernacht zu fahren, nach den Lichtern auf den Berghöhen und nach den Sternen an der schwarzen Wölbung des Himmels zu sehen, eine ohnegleichen fürstlich schöne Frau am Herzen, eine Hand in der Hand der Freundin, die andere das dunkle Wasser streifend. Dazu träumte ich mir das Glück des gekrönten Ehrgeizes, träumte mir, als beneidetster Dichter an der Brust des beneidetsten, adligsten Weibes zu ruhen, auf der Höhe des Lebens und meiner Kunst. Ich glaubte nicht daran, jemals diesen Traum meiner Jugend wahr zu sehen; nun sind jene erhabenen und beneidenswerten Stunden mir doch gekommen – aber spät, Elisabeth! Warum mußten wir jahrelang aneinander vorübergehen, jeder verdürstend nach dem, was der andere ihm geben konnte, und was er jetzt vielleicht zu spät ihm gibt?«

»Sage das nicht!« bat Elisabeth. »Es war nicht zu spät. Warum sollte es zu spät sein?« »Weil für mich, meine

Freundin, schon die Zeit gekommen ist, in der man auch die verlorenste Jugendsehnsucht beneidet und der seligsten Gegenwart vorzöge. Ach, warum konnte ich dich nicht damals finden, zur Zeit jenes sehnsüchtigen Traumes: Da waren die Nächte so anders als jetzt, so prachtvoll tiefblau und voll verborgenen Feuers, da waren alle Blüten farbiger und alle Wolken seliger, weicher, weißer! – Und dennoch, Elisabeth, wenn meine ganze Jugend mir wiederkäme, aber ohne dich, ich wollte sie nicht.«

»Es macht mich traurig, wenn du so redest.«

»Nicht doch, meine Freundin! Wir wollen die Götter anrufen, sie möchten unser Glück beschirmen. An welchen Gott glaubst du, Elisabeth?«

»Spotte nicht, Martin! Du weißt, ich bin so gottlos wie du.«

»Ich aber glaube an dich, und an mich. Und unser Glaube ist der einer anderen Zeit, deren spätgeborene Genossen wir sind. Möchten unsre Zeitgenossen von heute an ihren Göttern zugrunde gehen! Unser Stolz und unsere Einsamkeit ist es, Elisabeth, Träger der Schönheit durch eine wüste und barbarische Zeit zu sein. In uns geht noch einmal die alte Welt unter, und das Ideal der alten Schönheit. Die Kunst der nächsten Zukunft wächst in Berlin und in Rußland, im Schoß der Barbarei und am Herd der Bilderstürmer. Wenn du jemals ein Buch von Tolstoi gelesen hast oder ein modernes Theater gesehen, so weißt du, wie unsre Todfeinde aussehen, schlecht erzogen, schlecht gekleidet, unreinlich und von allen scheußlichen Gewohnheiten des Barbarismus befleckt. – Oh, wenn du wüßtest wie müde ich es bin, in dieser Zeit zu leben. Ich schreibe meine Dichtungen für zwanzig Menschen, und fast für ebenso wenige machst du deine Musik, für welche ein anderes Jahrhundert dich gekrönt hätte.«

»Ich zweifle, ob du völlig recht hast, Martin. Unsre Zeit ist unsäglich arm, aber die Kluft zwischen Kunst und Leben und die Kluft zwischen Großen und Kleinen ist immer dieselbe. Sokrates, dessen Wesen du mir so göttlich beschrieben hast, war in dem Athen der Glanzzeit vielleicht im Herzen so einsam, als irgend ein Großer von heute in seiner Stadt es ist. Wer das Ideal der unsterblichen Schönheit in der Seele trägt, den befriedigt keine Zeit und kein Leben. Erinnere dich des Michelangelo, dessen Größe in der Zeit der unvergleichlichen Blüte in grenzenloser Einsamkeit geblieben ist.«

»Ich danke dir, Elisabeth! Wenn ein Zufall meinen Namen andern Zeiten überliefert, so wird ihn der meiner Freundin und meiner Muse begleiten, und unsren verschwisterten Ruhm wird der Nimbus einer sagenhaften, schwelgerischen Liebe umgeben.«

Die schöne Frau schlug die Augen zu dem Dichter auf und fragte: »Sag mir, was liebst du mehr an mir, meine Schönheit oder meine Kunst?«

»Als ob ohne deine Kunst deine Schönheit dieselbe sein könnte! Doch wenn du sie denn trennen willst, so antworte ich: Ich liebe deine Schönheit mit der Leidenschaft eines Verliebten, mit jener Glut, die alle Kräfte des Augenblicks in sich sammelt, die aber wie alle Leidenschaft ein Raub der Jahre sein muß. Deine Kunst aber liebe ich ebenso wie meine eigene, mit einer eingeborenen verehrenden Liebe, ohne die ich nicht leben könnte. Aber ich wiederhole, man kann das nicht trennen. Deine Schönheit ist gerade in ihrem Eigensten und Berückendsten ein Werk deiner Kunst. Man sieht es deiner Stirne an, daß sie Gedanken voll stilschöner Reinheit beherbergt, man sieht es deinen Augen an, daß sie gewöhnt sind, unter traumgeschlossenen Lidern Visionen zu sehen, und man sieht es deinen Händen an, daß sie gewöhnt sind, die leisesten Erschütterungen der Saiten in allen winzigsten Nuancen hervorzurufen.«

Schon kam der Hochsommer heran. Zwischen den großen Blättern begannen die Feigen sich zu bräunen, warme Regentage kamen dazwischen. Über Vitznau und den Rigi ergoß sich die Flut der Touristen. Der See glänzte in den heißen Stunden schillernd farbig, als schwämme Öl auf der Oberfläche.

Die Jahreszeit näherte sich jenen glänzenden Tagen der überfließenden Fülle, in deren Genuß sich schon der leise Schmerz des nahen Endes mischt. Die späten Abende auf dem See waren von einer lauen, weichen Schönheit und bekränzten die entfernteren Berge mit der sammetweichen duftigen Bläue, die nur der August so reif und tieftönig hervorbringt.

Das war die Zeit, in welcher Martin stets die reichsten Inspirationen empfing. Für seine allem Vollreifen, Vollendeten und Üppigen zugeneigten Sinne war das die Zeit eines kurzen, milden Genusses. Sein Auge badete sich in den tiefer, satter und üppiger werdenden Farben, und sein ganzes Wesen gab sich in leichter, süßer Ermüdung der weichen, von Sonne gesättigten Seeluft hin. In diesen Tagen wurde sein Verkehr mit Elisabeth noch zarter, schonender und stiller, während ihre jüngere Natur diese leise, zärtlich milde Form der Liebe nicht verstand und mit der

Reife ihres Körpers die heiße Begierde nach ungemessenem Genusse wuchs. Sie begann ihren Freund mit plötzlichen Liebkosungen zu überraschen, sie suchte ihn durch kleine Herausforderungen in ihrer Haltung und Toilette zu reizen, und ihre Musik hatte statt der klassisch starken Formen jetzt häufig den weichen Duft der Sehnsucht oder die anreizend schalkhafte Grazie der Verlockung. Martin schien diese Verwandlung ihres fast strengen Wesens kaum zu bemerken, erlag jedoch oft ihrem Zauber.

Elisabeth wurde von einer ihr selbst nicht verständlichen Unersättlichkeit verzehrt. Ihre spät erwachte, langsam gereizte Sinnlichkeit loderte wie ein lang unterdrücktes Feuer in ihrem Blute auf; oft drängte sie sich mit so brennender Kraft an den Geliebten, daß er fast erschrak. Die friedlich schönen, vom Adel der klassischen Kunst geschmückten Lesestunden wurden kürzer und verloren ihre kühle Stille, die Gespräche streiften, trotz Martins Widerstreben, immer zügelloser wie ein von der Flamme gelockter Falter um das enge Gebiet des Liebesgenusses. Einigemal ließen in solchen Gesprächen beide zugleich den Schleier der galanten Konversation von ihren Worten fallen und schwiegen plötzlich nach einem frechen Worte beide still. Dann brach die Frau in ein Gelächter aus, während der Dichter erschrak und von einem wehen Gefühl durchschauert wurde, wie einer, der an einem prachtvoll schönen Hause die ersten Zeichen des Verfalls erblickt. Er fühlte deutlich, daß die schöne Höhe seiner Liebe überschritten war, er empfand das Lachen des wilden Weibes manchmal unschön, sogar gemein, aber ihre rasende Glut riß ihn hin, und er ließ sich in den trüben Wellen dieser Leidenschaft treiben mit dem halben Bewußtsein, diese überschäumende Liebe bis zum letzten Schrei der gefolterten Lust und bis zur Verzweiflung auszukosten.

7

Fast täglich gingen in den Bergen heftige Gewitter nieder. Der See war so warm, daß das Baden kaum mehr eine Erfrischung brachte.

Elisabeth hatte sich in den Vitznauer Wochen verändert. Die schlanken Formen ihrer wundervollen Glieder hatten Fülle und Weichheit bekommen, der Nacken war zugleich dunkler gefärbt und voller, die Brüste drängender geworden. Die ungewohnte Glut verbreitete sich scheinbar von den leise durchschimmernden Adern über die ganze Haut, deren Farbe statt der kühlen Weiße eine goldgetönte, transparente Blässe gewonnen hatte, deren leuchtende Reife die ganze königliche Gestalt mit einer Atmosphäre der üppigen Lust und der herausfordernden Lüsternheit umgab. Die großen, vergeistigten Augen waren warm, träumend und liebekundig geworden und glänzten in einem neuen, feuchten, leicht verschleierten Glanz. Die Züge des Gesichts und die zarten, schmalen Wangen waren irdischer und süßer geworden, sündig schön durch den verwandelten Ausdruck und durch den Anflug bläulicher Augenschatten. Das ganze Gesicht und besonders der brennende, gierige Mund schien von einem bacchischen Rausch entzündet.

Elisabeth hatte sich bald ihrer jetzigen Macht über den Dichter versichert. Sie dachte nicht an die Möglichkeit des Zuendegehens und schwelgte berauscht im fortwährenden Taumel ihrer Schönheit und ihres Sieges. Rastlos, als müsse sie alle Versäumnis der verlorenen Jahre gutmachen, sog sie lachend und vor Erregung zitternd jede Lust mit allen Poren ein und verdurstete doch nach mehr, nach wilderen Küssen, pressenderen Umarmungen und brünstigeren Spielen. Während der Dichter am Abnehmen seiner Energie und Genußfähigkeit litt, wurde sie von einem unsäglichen Ungenügen gestachelt und erfüllte ihre Phantasie mit den Träumen schrankenloser Genüsse.

Eines Tages bat sie den Dichter, ihr das Liebesmärchen vorzulesen. Er weigerte sich lang und gab doch nach. Er las, an einem schwülen Abend, während ein Wetterleuchten ohne Unterlaß am schwer verwölkten Himmel zuckte. Der Geruch des Wassers, der Blumenduft, das müde Gurgeln der Uferwellen erfüllte die drückende Luft.

Er las, und noch einmal stieg das Bild des Liebesschlosses vor ihm und ihr empor, des roten Schlosses, in welchem das Stöhnen der unersättlichen Liebesgier heiser und verzweifelt durch die tobende Brandung gellt und wo die Opfer eines verzehrenden Liebeszaubers ihre mörderische Lust in feuchten, zerwühlten Scharlachkissen ersticken.

Wer will sagen, was bei diesem Lesen in der Seele des Dichters vorging! Er las und büßte mit wunder Seele die schamlose Schönheit seiner verjährten Dichtung.

Während er vorlas, zitterte an ihn geschmiegt die warme Gestalt des atemlos hörenden Weibes, dessen dunkel brennendes Auge ihm die heißen frechen Worte lüstern vom Munde las. Und als er zu Ende gekommen war, drängte ihr entzündeter Leib sich mit leisem Schrei verzehrend an ihn fest, zitternd und fiebernd in der ganzen unseligen Leidenschaft der maßlosen Dichtung. Mit schmerzendem Haupt und flimmernd wilden Augen preßte auch er sie an sich, in die schwarze, schwüle, wetterleuchtende Augustnacht mischte sich mit dem gedehnten Stöhnen des Windes und dem gebrochenen Gurgelton des Wassers das ersticken-de Keuchen der beiden Menschen, über deren Häuptern eine uferlos schäumende, zerstörende Leidenschaft zu-sammenschlug, wie die trübe Welle eines blutig gefärbten Meeres.

Von diesem Abend an sank die Liebe der unstillbar ent-brannten Frau und auch die bisher vom Ideal verklärte Liebe des Dichters schnell immer tiefer ins Grausame und buhlerisch Gemeine. Der Genuß war vorüber, statt dessen flackerte die geschändete Leidenschaft in trüben, freudlos wilden, aufregenden Zuckungen fort, mehr phantastische als körperliche Orgien begehend.

Dazu begann nun auch in Elisabeth ein Gefühl wie Reue und eine nach Betäubung lüsterne Verzweiflung aufzustei-gen. Die vom Zauber der alten Kunst beglänzten Musik-abende waren schon lange zu Ende. Statt dessen spielte sie jetzt oft stundenlang Chopin. Sie wußte, daß Martin diese Musik im Grunde liebte, während er sie aus Furcht vor ihrem schwächenden Einfluß sich fernhielt. Nun fieberte diese atemraubend wilde, stachelnde, unselig geniale Mu-sik des nervösesten Künstlers täglich durch das stille Haus. Martin, der diese raffinierteste, kränkeste Kunst in ihrer ganzen traurigmachenden Schönheit verstand, litt unsäg-lich an ihr und konnte sich doch dem Zauber nicht entzie-hen. Diese mädchenhaft rasenden Takte, diese in sinnreich kombinierter Auflösung verflatternden Tönereihen, diese halben, rastlosen, in den zartesten Nerven wühlenden Dis-sonanzen, dieses fiebernde Wiegen energieloser, namenlos schwermütiger Takte war die einzige Musik, welche in der zitternd schwülen Luft des roten Liebesschlosses noch möglich war.

Einmal, nachdem sie die Berceuse, dieses elfenzarte, duftige, dennoch heimlichst erregende Stück gespielt hatte, brach Elisabeth plötzlich in ein jähes Gelächter und im nächsten Augenblick in ein wehes, erschütterndes Schluchzen aus. Der Dichter stand neben ihr, bleich und mit verglühten Augen und schaute schweigend zu, wie dasselbe Elend, das ihm die Kehle würgte, neben ihm das niedergesunkene, verdorbene Weib in langen Zuckungen folterte.

Als Elisabeth sich wieder erhoben hatte, trocknete sie das Gesicht mit dem Taschentuch, nahm des Dichters Arm und ging mit ihm in den Garten.

»Eine verrückte Musik«, rief sie aus. »Ich glaube, ich habe wirklich geweint.« Sie flocht sich Rosen ins Haar, reife, gelbe Teerosen, deren Blätter sich lösten, ihr über Haar und Schultern fielen und in den Falten ihres Kleides hängen blieben. Sie riß eine ganze Handvoll Rosen ab und warf sie über den Dichter. So setzten sie sich in die Laube, der Mann, das Weib, Tisch und Boden waren von den losen blaßgelben Rosenblättern bedeckt, deren Duft schon herb und welk war.

»Es ist schwül«, sagte der Dichter.

»Wirklich«, lachte sie laut. Martin ging und brachte Lichter, Obst und Wein herbei.

»Man kann doch nicht schlafen«, sagte er. »Wir wollen hier außen bleiben.«

»Gut, feiern wir ein Sommernachtsfest! Es ist ja so ein lyrisch weicher Abend, wie du sie liebst.«

»Ja, Elisabeth. Und morgen oder übermorgen oder ein paar Tage später ist Herbst.«

»Du sagst das ganz tragisch.«

»Findest du? Es ist doch traurig, wie sich die Rosen schon auflösen.«

Elisabeth lachte: »Ach, die armen Rosen! Es werden andere wachsen.«

»Und du wirst andere Liebhaber finden.«

»Martin –!«

»Verzeih, Elisabeth. Ich wollte das nicht sagen.«

»Na, ich bin gläubig.«

»Wirklich nicht, glaube mir! – O Elisabeth, wenn ich noch zu dir reden könnte wie im Anfang dieses Sommers!«

»Es ist doch ein schöner Sommer gewesen.«

»Ja, ein recht schöner Sommer.« Martin unterdrückte einen Seufzer und änderte den Ton seiner Stimme.

»Dieser Chopin ist doch genial. Was meinst du?«

»Er hat ein Pendant unter den Dichtern.«

»Wen meinst du?«

»Dich und dein Liebesmärchen. Du verstehst es reichlich so gut wie Chopin auf die sensibelsten Nerven den Finger zu legen«.

»Ist das ein Lob?«

»Natürlich. Aber wartet nur, ihr Erotiker und Melancholiker, ihr sollt mich nicht umsonst bekehrt haben! Künftig werde ich eine Musik machen, bei der die Don Juans des Parketts sich wie verführte Landmädchen vorkommen sollen.«

»Ich warte darauf.«

»Tu das, mein Lieber! Vor zwei Monaten glaubte ich fest, der vollkommenste Satan zu sein, und nun seh' ich, daß ich damals das reine Lamm war. Ein schneeweißes

Lamm mit blauem Halsband und einem Glöckchen daran.«

»Äußerst possierlich! Aber jetzt?«

»Jetzt hat sich alles umgedreht. Damals war die Musik mein Herrgott und ich seine fromme Magd. Jetzt bin ich der Herrgott und meine Kunst soll mir tanzen ... Aber das will ein Nachtfest sein?! Wir sitzen da wie Leichenwächter.«

»An wessen Leiche?«

»Unsinn! Komm nimm meinen Kopf auf deinen Schoß und gib mir Wein zu trinken! Wir wollen auch singen –«

Während im Garten die Rosenblätter vergilbend in den Beeten lagen, löste sich und verwelkte auch die Liebe des Dichters und der Künstlerin. Es kamen Abende, an denen sie, jeder von einsamen Spaziergängen zurückgekommen, sich stundenlang mit verhaltener Bitterkeit gegenüber saßen, Elisabeth verdrossen und unbefriedigt, der Dichter verbittert und krank bis in den Grund seiner ermüdeten und mißbrauchten Seele.

»Du könntest eigentlich die Geschichte dieses lustigen Sommers aufschreiben«, sagte sie eines Tages.

»Wenn du geschickt bist, so gibt es ein Buch, das die Leute verschlingen werden. Ich erlaube dir auch meinen Namen zu nennen, das wirkt. Ach Gott, man will doch einmal berühmt werden, und das Leben ist kurz! Dann werden die Leute auf mich deuten und einander erzählen: das ist die berühmte Geliebte des Dichters Soundso, die er, wenn sie nackt war, mit roten Kressen bekränzte und über deren Nacken er ein eigenes Gedicht gemacht hat. Einen ganzen Monat lang hat er sie eigenhändig aus- und angekleidet.«

»Ich werde das vielleicht tun. Ich bin gemein genug dazu, und du auch.«

»Nun eben! Übrigens will ich nächstens ein Konzert in Baden-Baden geben. Sie haben dieser Tage angefragt. Gehst du mit?«

»Keine Rede! Wann ist das Konzert?«

»In acht Tagen.«

»Und du willst wirklich hingehen?«

»Ich sage heute zu. Freilich werde ich diese Tage noch sehr zum Üben benützen müssen. Einen Tag hin, am zweiten spiele ich, am dritten zurück. Über Luzern – Basel –.«

Martin wußte, daß sie nicht zurückkommen würde. Am Tag vor ihrer Abreise überwältigte ihn noch einmal die dämonische Schönheit ihres Körpers, daß er sie unter Küssen umarmte. Noch einmal flackerte der Rausch von ehemals durch sein ermüdetes Herz, daß er über dem Genuß ihrer wunderbaren Gliederpracht alles Elend vergaß. Dann reiste sie ab.

Und dann las er in einer Zeitung über das Konzert: »Die beiden Vorträge der berühmten Künstlerin setzten alle Kenner in Erstaunen. Abgesehen von der unglaublich brillanten Technik, die wir an der Virtuosin schon früher bewunderten, war es eine durchaus überraschende Wandlung im Programm und Vortrag, die uns bei diesem Konzert entgegentrat. Die Dame spielte die zweite Nocturne von Chopin und eine Improvisation und zeigte in beiden Stücken eine völlig veränderte Richtung. An Stelle der fast herben Klassizität ist ein lebendig bewegter, hinreißender Vortrag getreten. Wir beglückwünschen die große Künstlerin zu diesem Beginn einer neuen, glänzenden Epoche ihres Könnens. –«

So begrüßte die Welt den Abfall einer großen Künstlerseele von ihrem Ideal.

Martin wartete vier Tage, fünf Tage. Elisabeth kam nicht wieder. Den sechsten und siebten Tag schloß sich der Dichter in seinem Arbeitszimmer ein. Im fortwährenden Kampf mit den andrängenden Bildern seiner erkrankten Phantasie und mit einem heftigen Bedürfnis zu schluchzen, brachte er aufreibend trostlose Stunden hin. Das Herz voll Galle, zwang er mit der alten zähen Strenge seine Gedanken zur Ordnung und suchte Beschlüsse für die nächste Zukunft zu fassen. Nur mit Mühe hielt er ein Gefühl des Ekels vor sich selbst nieder. Er fand in seinem Leben, an seinem Leibe und in seinem Denken nichts, was ihm nicht geschändet, befleckt und unwürdig erschienen wäre, die ganze Atmosphäre kam ihm beschmutzt vor durch das Keuchen und den Schweiß der entarteten Liebeslust.

Nun war die Zeit gekommen, vor der er sich seit Monaten gefürchtet hatte. Die einzige Frau, das Kleinod seiner zärtlichsten Träume, war von ihm genommen, war des ganzen adligen Duftes und der ganzen vornehmen Grazie beraubt. Auch ihre und seine eigene Kunst war beschmutzt und erniedrigt. Er würde nie wieder im Genuß ihrer Musik den Traum vom Ideal des Schönen träumen und nie mehr in seinen Versen den herben, schweigsamen Hochmut einer unendlich geläuterten Kunst genießen können.

Noch elender erschien ihm der zukünftige Verkehr mit Elisabeth. Sie würden monatelang aneinander vorübergehen, immer das blasse grinsende Augurenlächeln im Blick. Sie würden sich wieder finden, um in grenzenloser Trauer und Bitterkeit sich des Vergangenen zu erinnern. Sie würden zu irgendeiner Stunde dem Reiz der beschworenen Erinnerung erliegen und noch einmal das ganze erbärmliche Spiel bis zur selben Verzweiflung durchspielen und von neuem auseinander gehen, noch entwürdigter, noch bitterer und vergifteter als das erstemal.

Als Martin nach diesen in trostlosem Kampf verbrachten Tagen sein Zimmer wieder verließ, erschrak sein Diener vor ihm. Und er selbst erschrak, als er sein Gesicht im Spiegel erblickte, das Gesicht eines gebrochenen und vom Dämon gezeichneten Mannes.

Er war seines Entschlusses sicher geworden. Sein Bewunderer, der gelehrte Historiker, in dessen Hause und Garten er Elisabeth oft gesehen hatte, erhielt in diesen Tagen einen Brief von ihm. »Fünf größere Dichtungen von mir« hieß es darin, »sind, wie Sie wissen, in von mir gezeichneten, fast sämtlich variierenden Exemplaren als Manuskript ausgegeben. Sie erweisen mir einen großen Dienst, wenn Sie mir diese verschaffen können. Man wird sie Ihnen eher als mir überlassen. Die Titel und die Adressen der Besitzer finden Sie auf der mitgegebenen Liste beisammen. Suchen Sie möglichst alle zu bekommen, und legen Sie Ihr Exemplar bei; es ist mir von großer Wichtigkeit, sie vollzählig zu haben. –«

Der Gelehrte unterzog sich bereitwillig dieser Arbeit. Er mochte annehmen, Martin plane ihre Redaktion in der Absicht einer Veröffentlichung. Täglich liefen einige Exemplare bei Martin ein, zierliche, von einem dazu von ihm herangebildeten Schreiber peinlich egal geschriebene Hefte aus Handpapier, mit breitem schwarzem Band geheftet und sämtlich mit seinem Namenszug versehen. Endlich fehlten noch drei Hefte, zwei davon wurden von den Besitzern hartnäckig verweigert, das dritte schien verloren gegangen zu sein. Die Mehrzahl der Schriften waren in elegante lederne oder seidene Mappen eingelegt. Diese kleine Sammlung von schmucken Heftchen lag vor dem Dichter ausgebreitet. Sie waren sein Lebenswerk, Tage und Nächte seiner besten Jahre hatte er darauf verwandt, diesen tadellos schönen Versen ihre brillante Oberfläche und ihre beziehungsreiche, sinnvolle Verknüpfung zu geben. In kostbaren Hüllen waren sie jahrelang von Verehrern aufbewahrt und in guten Stunden von aufmerksamen, fein erzogenen Genießern gelesen worden.

Mit harten Zügen und fest geschlossenen Lippen überschaute und zählte der Dichter die Schriften. Er öffnete keines der Hefte – die lang erwogenen, oft geprüften, unzähligemal überlesenen und neu überarbeiteten Verse hatte sein Gedächtnis fast alle bewahrt.

Als die letzten eingetroffen waren, band Martin die ganze Sammlung zusammen. Am Abend, nach Einbruch der Dämmerung, brachte er das schwere Paket in das Boot und fuhr über das dunkle Wasser gegen Buochs hinüber. In der Mitte des Sees machte er Halt und saß wohl eine Stunde lang gebeugt und regungslos, die Rechte auf das weiße Bündel gelegt, welches die Arbeit seines Lebens enthielt. Ein unsäglich schneidender Schmerz ging in dieser dunklen, schweigenden Stunde durch seine Seele.

Dann erhob er sich langsam, hob das Bündel auf den Rand des sich neigenden Boots, fuhr noch einmal mit der Hand liebkosend darüber und ließ es langsam und lautlos in das Wasser sinken. Quirlend und leise gurgelnd schloß sich darüber die Fläche.

Tags darauf legte er in seinem Ariost an der Stelle, die er mit Elisabeth an einem besonders glücklichen Morgen gelesen hatte, ein rotes Band und einige Rosenblätter und sandte die kostbare Ausgabe der Künstlerin zum Geschenk.

Der Historiker erhielt ein rätselhaftes Billet: »Ich danke für Ihre Mühe! Beim Anblick der vielen Blätter empfand ich wieder stark den alten Schmerz der Künstler – ars longa vita brevis. Sollte ich einmal vor Ihnen sterben, so vermache ich Ihnen meine Bibliothek unter der Bedingung, daß meine Aldinensammlung für ewig beisammen bleibt.«

Martin reiste nach Grindelwald und verscholl spurlos im Hochgebirge.

(um 1901)

Jasminduft

Über den Kronen der hohen Bäume segelten leichte Nachtwolken durch den milden Himmel, und über den flüchtigen Wolken hing ruhig und strahlend der stille Mond.

In den Gärten und in dem dunklen Park wogten vielerlei Düfte im zarten Winde und lagen miteinander im Streit. Der edle Duft der Teerosen wiegte sich leicht und bescheiden in der Luft, daneben flüchtig und flatternd der unbändige, leidenschaftliche Nelkenduft, stark und schwül der Duft des Heliotrop, der Duft des Flieders reich und ruhig.

Aber reicher, stärker, glühender und leidenschaftlicher als alle übrigen regte sich der Duft des Jasmin, jener übersüße und beklemmende Duft, der zu den mächtigsten Reizen im Zauber einer Frühsommernacht gehört. Er trieb in breiten Wellen bis in die Tiefe des alten Parkes, betäubend, warm und schwärmerisch wie eine Wolke entzündeter Liebesgedanken.

Aus den erleuchteten Fenstern des Gartenhauses drang Klaviermusik. Sie kam schwach gedämpft durch die roten Vorhänge der offenen Fenster hergeflossen, zusammen mit dem warmen Schein der Lichter und flog freudig und leicht über die breiten Steinstufen des Parkeinganges, über Rosen und Jasminbüsche hinweg. Ganz leicht und leise geworden, flog die zierliche Musik schließlich durch das dämmerige Rondell und über die Parkwege bis in die tiefere Finsternis des Buchenstandes. Dort stäubten die aufgelösten Takte mit den zerflatternden letzten Wellen des Blumenduftes zart und schaukelnd auseinander und verloren sich in der Schwärze des massigen Laubes, in die mild durchscheinende Mondbläue des Himmels, in die leise, ungestörte, wiegende Ruhe der warmen Nacht hinein.

In dem Kastanienrondell, das den Eingang zum Park bildete, zeichnete der in halber Höhe stehende Mond scharf und klar ein Oval von weißem Licht auf die Erde. Auf der Schattenseite, die ganz finster war, stand eine Bank aus Sandstein.

Die schöne junge Dame, die im Gartenhaus Klavier spielte, wußte wohl, daß auf dieser Steinbank der Dichter saß und das Leiden seiner hoffnungslosen Liebe trug. Sie wußte, daß er sie wie ein Knabe liebte, um ihrer Schönheit willen, und seine Liebe war ihr ein neuer und willkommener Spiegel des eigenen Liebreizes. Jeden Abend fand sie von seiner Hand eine große, schwere, duftende Purpurrose im Gartensaal auf das Klavier gelegt, mitten auf die stummen, schwarzen und weißen Tasten. Sie mußte sie aufheben, sie mußte seine Rose in die Hand nehmen und an ihn denken, ehe sie spielen konnte. Und jedesmal lagen auch Verse dabei, auf ein loses weißes Blatt mit leichten, flüchtenden Buchstaben geschrieben, immer mit einer neuen Unterschrift, die immer eine neue Andeutung auf den Dichter und seine Verliebtheit enthielt. In den Versen selbst aber stand jedesmal etwas von Rosen und eine Anspielung auf eine einzige, welche die roten Rosen an Pracht und die weißen an Zartheit übertreffe.

Das war durchaus nach dem Sinne der jungen Dame, denn sie liebte das Poetische und Romantische sehr, wenn es hübsch und leicht zu verstehen war und schmeichelhafte Beziehungen zu ihrer eigenen Schönheit enthielt. Auch konnte man es den Versen ansehen, daß der Dichter seine ganzen Tage auf sie verwendete; sie waren von feinen, genau gemessenen Formen und glänzten von seltenen Worten und Reimen, wie ein Goldschmuck von eingelegten Brillanten glänzt. Diese Verse hatten denn auch das beneidenswerte Schicksal, von schönen, befriedigten Frauenaugen gelesen und von schönen, rosigen Frauenfingern in einer seidenen Mappe gesammelt zu werden.

Die junge Dame machte eine lange Pause. Sie fächerte sich zuerst mit der heutigen Rose und dann mit dem heutigen Versblatt, das ihr besonders schmeichelte und wohlgefiel. Dann suchte sie eine Weile in Notenheften, legte endlich eines vor sich auf das schräge, in Form einer Gitarre geschnittene Notenpult und begann wieder zu spielen. Es war ein kleines graziöses Stück von Mozart. Die feine Musik bewegte sich mit sicherem und elegantem Schritt, biegsam, doch ohne heftige Bewegung, in holdem Staunen ihrem eigenen Wohlklang folgend. Besonders der Baß, welcher zu öfteren Malen die Begleitung der Variationen zu vergessen schien und fröhlich sinnend mit seiner tiefen Stimme den frohen Hauptsatz wiederholte, wie ein vergnügter Greis, welcher jungen Tänzern zuschaut.

Während des Spielens aber neigte die Dame manchmal den schönen Blondkopf zur Seite und dachte mit leisem Wonnegefühl an ihren Dichter. Sie konnte sich ihn so deutlich vorstellen, wie er auf seiner halbrunden Sandsteinbank unter den Kastanien saß und seine tiefen Augen in den Mondhimmel richtete. Und wie er mit leisem Seufzen hin und wieder den dunkeln Kopf gegen das Gartenhaus wendete und die heranwehende Musik begierig erlauschte. Er war blaß, und sein Gesicht, so stolz und fest es schaute, hatte verborgen einen rührenden, ein wenig hilflosen, ein wenig knabenhaften Zug.

Plötzlich war die Musik zu Ende. Die Nachtstille schlug wie ein dunkler See über der versunkenen, unvollendeten Melodie zusammen.

Die schöne junge Dame verließ leise und ohne ihren Hut mitzunehmen das Gartenhaus, um in das Schloß zurückzukehren. Aber in der Mitte des Blumengartens, wo die vier breiten Wege vor dem runden Rosenbeet zusammentrafen, hielt sie inne. Sie hatte einen Einfall. Umwendend bog sie langsamen Schrittes in den Weg ein, der zu den Parkstufen führte. Langsam und erhobenen Hauptes wandelte sie zwischen den Gebüschen dahin, erstieg langsam die vier breiten Steinstufen und trat in das halbdunkle Rondell, wo sie im tiefen Kastanienschatten verborgen den Dichter sitzen wußte.

Über die Schattengrenze tretend, ging sie einige Schritte weit in das weiße Lichtoval hinein, legte beide Hände in den Nacken und den weit zurückgebogenen Kopf darauf und blieb in der Mondhelle aufrecht und schwelgerisch stehen wie eine Gartenfee, die ihre Schönheit im Mondlicht baden will. Sie tat einen tiefen Atemzug. Ihre Schönheit glänzte und prunkte im dunklen Rahmen der feierlichen alten Bäume. Und daneben in der Finsternis, lautlos lauschend, der Dichter, vor Erregung zitternd. Es war ein köstlicher Augenblick.

Nach einer kleinen Weile kehrte die Dame um und verlor sich mit schnell verrauschenden Schritten in die Gartenwege.

In der Seele des Dichters, der weit vorgebeugt ihr mit brennenden Augen folgte, stieg ein Gedicht von unerhörter Sehnsucht auf.

Von diesem selben Gedicht träumte die schöne Dame

in ihrem Schlafgemach und freute sich neugierig auf den nächsten Abend und das nächste Versblatt. Zugleich kostete sie das ganze Wonnegefühl jener glänzenden Minute im Rondell noch einmal durch und entschlief mit einem feinen leise schütternden Mädchengelächter.

(1900)

Ein Erfinder

Mein Freund Konstantin Silbernagel stand mit allen Mädchen der Nachbarschaft gut, aber er hatte keinen Schatz. Wo er eine stehen und gehen sah, war er mit einem Gruß, mit einem Witz oder mit einer Freundlichkeit und vertraulichen Neckerei zur Hand, und die Mädchen standen dann, sahen ihm nach und hatten ihr Wohlgefallen an ihm; er hätte jede von ihnen haben können. Aber er wollte nicht. Und so oft in der Werkstatt von Mädeln und Liebesgeschichten die Rede war, zuckte er die Achseln, und wenn ihn einer von uns Mitgesellen fragte, was er davon halte, lachte er und meinte:

»Nur drauf los, nur drauf los, ihr Schlecker! Ich erleb's noch, daß ihr alle heiratet.«

»Ja, warum denn nicht«, rief da mancher, »ist denn Heiraten so ein Unglück?«

»Kannst's ja probieren. Aber ich nicht. Ich nicht!«

Wir lachten ihn oft darum aus, namentlich weil er ja kein Weiberfeind war. Einen Schatz hatte er freilich nie, aber wo im Vorübergehen ein kurzes Geschäker, ein leichtes Zugreifen und ein schnell gestohlener Kuß zu haben war, ließ der Silbernagel sich nichts entgehen. Auch glaubten wir nicht fehlzuraten, wenn wir annahmen, er habe irgendwo in der Ferne ein Mädel sitzen und werde wohl der erste von uns sein, dem es zum Heiraten reichte. Denn er verdiente gut und konnte Meister werden, sobald er wollte, auch hieß es, er habe ein fettes Sparkassenbuch.

Im übrigen war Konstantin ein Mensch, den alle gern hatten. Er ließ uns nie merken, daß er geschickter war und mehr verstand als wir Kollegen; nur wenn einer ihn um Rat fragte, half er gern und griff mit zu. Sonst war er wie ein Kind, leicht zum Lachen zu bringen und leicht zu rühren, launisch, aber harmlos, und ich habe nie gesehen, daß er etwa einen Lehrbuben geschlagen oder ungerechterweise angeschnauzt hätte.

Damals glaubte ich noch, es in der Maschinenschlosserei zu etwas Rechtem bringen zu können, und so schloß ich mich immer mehr an den Silbernagel an, der an Begabung und Erfahrung allen Kameraden weit überlegen war und es wohl auch leicht mit dem Meister aufgenommen hätte. Wenn man ihn arbeiten sah, dann ging einem recht die Lust am Handwerk auf, so leicht und fröhlich und unfehlbar ging ihm alles von der Hand. Er hatte stets nur feine Arbeit zu machen, bei der man nicht schlafen und dösen kann und immer alle Aufmerksamkeit beisammen haben muß, und er hat nie ein Stück verdorben. Die meiste Freude hatte er am Montieren neuer Maschinen; auch solche Konstruktionen, die er noch nie selber gearbeitet hatte, brachte er zusammen und in Gang wie ein Kinderspiel, und dabei sah er so edel und besonders aus, daß ich damals zum erstenmal recht begriff, was das heißt, daß der Geist den Stoff beherrscht und daß der Wille stärker ist als alle tote Masse.

Allmählich entdeckte ich denn auch, daß mein Kamerad Konstantin sich nicht mit der aufgetragenen Handarbeit begnügte. Es fiel mir auf, daß er zuzeiten nach Feierabend verschwunden war und sich nirgends zeigte, und bald kam ich dahinter, daß er dann in seinem gemieteten Stüblein in der Senfgasse saß und zeichnete. Anfangs meinte ich, er wolle sich üben und die Künste von der Abendschule nicht einrosten lassen, aber dann ging ich einmal hin, und da sah ich zufällig, daß er am Lösen einer Konstruktionsaufgabe war, und als ich weiter redete und fragte, erfuhr ich bald von ihm, daß er an einer Erfindung arbeite.

Seitdem ich das wußte, kam ich in ein vertraulicheres Verhältnis zu ihm, und nach einiger Zeit kannte ich alle seine Geheimnisse. Er hatte zwei Maschinen erfunden, von denen eine erst auf dem Papier, die andere auch schon im Modell fertig war. Es war ein Vergnügen, seine Zeichnungen anzuschauen, so tadellos sauber und scharf waren sie ausgeführt.

Mein abendlicher Verkehr mit Konstantin erlitt eine Unterbrechung, als ich im Herbst die Fränze Brodbeck kennen lernte und ein Verhältnis mit ihr anfing. Damals fing ich wieder stark zu dichten an, was ich seit meiner Lateinschulzeit unterlassen hatte, und das hübsche, leichtsinnige Mädchen hat mich mehr gekostet, als sie vielleicht wert war, obwohl ich noch mit einem blauen Auge davon kam.

Eines Abends, nachdem ich lange weggeblieben war, kam ich wieder einmal zum Silbernagel auf seine Mansardenstube und sagte Grüßgott. Da schaute er mich bedenklich an und wusch mir wegen der Weibergeschichte gründlich den Kopf, so daß ich fast wieder fortgelaufen wäre. Aber ich blieb doch da, denn in seiner zornigen Rede war etwas vorgekommen, das meiner jungen Eitelkeit gewaltig schmeichelte.

»Du bist zu gut für so ein Weib«, hatte er gesagt, »und überhaupt zu gut für die Frauenzimmer. Ein großer Mechaniker wirst du nicht, wenn du das auch nicht gerne hörst. Aber etwas steckt in dir, das wird schon noch herauskommen, wenn du ihm nicht vorher mit Liebesgeschichten und dergleichen selber das Kreuz abdrehst.«

Und nun fragte ich ihn, warum er eigentlich so grimmig auf Liebe und Heiraten zu sprechen sei. Er sah mich eine Weile streng an, dann legte er los:

»Das kann ich dir gleich sagen. Zum Erzählen ist's zwar eigentlich nicht, es ist nur so eine Erfahrung oder eine Episode oder wie man das heißt. Aber du wirst es schon begreifen, wenn du nicht bloß mit den Ohrlappen zuhörst. Nämlich, ich bin einmal ganz nahe am Heiraten vorbeigestreift, und von dem hab' ich auf lang hinaus *multum* viel genug. Heiraten soll wer will, aber ich nicht. Ich nicht! Verstanden?

In Cannstatt bin ich zwei Jahre in Arbeit gestanden. War auch Gießerei dabei, ein schöner Betrieb, und viel zu lernen. Kurz vorher hatte ich ein Maschinelchen erfunden für Holzbearbeitung, Zapfen, Spunden und dergleichen, ganz nett, aber es war nicht praktisch, brauchte zu viel Kraft, und da hab' ich den ganzen Kram wieder kaputt gemacht. Jetzt wollte ich noch etwas Ordentliches lernen, und das tat ich auch, und nach ein paar Monaten fing ich schon wieder was an, die kleine Waschmaschine dort; die wird gut. Da wohnte ich bei einer Heizerswitwe, eine kleine Mansarde, und da bin ich fast jeden Abend gesessen und hab gezeichnet und gerechnet. Das war eine schöne Zeit. Du lieber Gott, was hat man sonst vom Leben, als daß man was schafft und aus seinem Kopf heraus was in die Welt setzen kann?

Aber im gleichen Haus hat eine gewohnt, eine Näherin, und die hieß Lene Kolderfinger und war eine schöne Figur, nicht groß, aber wohlgeschaffen und nett. Die kannte ich natürlich bald, und weil es in der Natur so ist, daß junge Burschen gern mit den Mädchen einen Spaß haben, lachte ich ihr zu und sagte ihr manchmal etwas Lustiges, und sie lachte wieder, und es ging nicht lang, da waren wir gute Bekannte und hatten ein Verhältnis miteinander. Und weil sie ein anständiges Mädchen war und mir nichts Unrechtes erlaubte, hingen wir um so fester aneinander. Am Feierabend sind wir in den Anlagen spazieren gegangen und am Sonntag auf ein Dorf ins Wirtshaus oder zum Tanzen. Einmal beim Regenwetter kam sie auch zu mir in mein Stüblein, und da zeigte ich ihr meine Zeichnungen zu der Waschmaschine und erklärte ihr alles, weil sie natürlich in solchen Sachen kuhdumm war. Und wie ich mitten im Reden und Erklären und ganz im Eifer war, da sah ich auf einmal, wie sie hinter der Hand gähnte und gar nicht aufs Papier hinschaute, sondern unter den Tisch auf ihre Stiefel. Da hörte ich plötzlich auf und tat die Zeichnungen in die Schublade, aber sie merkte gar nichts und fing gleich zu spielen und zu küssen an. Das war das erstemal, daß ich im Sinn drinnen mit ihr uneinig war und mich ärgerte.

Nachher dachte ich mir dann aber, warum soll das Mädchen sich um deine Zeichnerei bekümmern, wo sie doch nichts davon versteht. Nicht wahr? Und da nahm ich mich zusammen, und es war auch wirklich zuviel verlangt. Nun, das war also gut. Sie hatte mich gern, und lang dauerte es nicht, so fingen wir an, vom Heiraten zu reden. Meine Aussichten waren ja nicht schlecht, ich hätte es bald zum Aufseher bringen können, und die Lene hatte eine ordentliche Aussteuer beinander und auch noch ein paar hundert Mark Gespartes. Und seit wir einander das gesagt hatten und immer strenger ans Hochzeitmachen dachten, ist sie immer zärtlicher geworden, und auch ich hatte nichts anderes mehr im Kopf als meine Verliebtheit.

Über all dem Zeug bin ich natürlich nimmer ans Zeichnen gekommen, weil ich die ganze Zeit bei der Lene war und den Kopf ganz voll hatte von der Heiraterei. Es war auch ganz schön, und ich war recht glücklich, wie es einem Bräutigam ansteht, ließ mir Ausweispapiere aus meiner Heimat kommen und wartete eigentlich nur noch auf meine Aufbesserung im Geschäft; die konnte nimmer lang ausbleiben, vielleicht nur noch vier oder sechs Wochen.

Soweit war alles in Ordnung. Bis die Ausstellung eröffnet wurde. O Sternsakrament, Junge! Es war eine Gewerbeausstellung, nur ziemlich klein, und wurde an einem Sonntag eröffnet. Von der Fabrik hatte ich eine Eintrittskarte gekriegt und für die Lene hatte ich noch eine dazugekauft. Wir hatten Ermäßigung. Da war großer Klimbim, kannst du dir denken. Musik und Spektakel und eine Masse Leute, ich habe dem Mädchen einen Sonnenschirm gekauft, aus einem Stoff wie Seide, in allen Farben, und da gingen wir herum und waren vergnügt. Im Freien spielte eine Militärkapelle aus Ludwigsburg, es war auch das schönste Wetter und alles voll. Später hab' ich sagen hören, sie hätten Defizit gemacht, aber das kann ich nicht glauben.

Wir liefen überall herum und sahen uns die Sachen an, und die Lene ist jeden Augenblick irgendwo stehengeblieben und ich mit. Da kamen wir auch an die Maschinen, und wie ich die sehe, fällt mir auf einmal ein, daß ich so viele Wochen lang nimmer an meiner Waschmaschine geschafft habe. Und auf einmal plagte es mich so stark, daß ich am liebsten gleich im Augenblick heimgelaufen wäre.

Das kann man gar nicht erzählen, wie es mir da zu Mute war.

›Komm, laß die langweiligen Maschinen‹, sagte die Lene und wollte mich fortziehen.

Und wie sie da an meinem Arme zieht, kommt mir's auf einmal so vor, als müsse ich mich schämen und als wolle sie mich von allem fortzerren, was mir früher wichtig und lieb gewesen war. Ich spürte ganz deutlich, wie in einem Traum: entweder heiratest du und gehst inwendig kaputt oder du gehst wieder an deine Waschmaschine. Da sagte ich der Lene, ich wolle noch ein Weilchen hier in der Maschinenhalle bleiben, da zankte sie und ging dann allein weg.

Jawohl, Junge, so ist's und so war's. Am Abend saß ich wie ein Wilder am Zeichenbrett, am Montag morgens hab' ich in meiner Fabrik gekündigt, und vierzehn Tage drauf war ich schon weit fort. Und jetzt werden Maschinen gemacht, eine hab' ich schon im Kopf, und für die da krieg ich's Patent, so gewiß ich Silbernagel heiße.«

(1905)

Maler Brahm

Unter den Verehrern der schönen Sängerin Lisa war Reinhard Brahm, der bekannte Maler, jedenfalls der merkwürdigste.

Als er Lisa kennen lernte, war er vierundvierzig Jahre alt und hatte seit mehr als zehn Jahren das Leben eines weltfremden Einsiedlers geführt. Nach einigen Jahren zielloser Bummelei und unruhiger Genußsucht war er in eine asketische Einsamkeit untergetaucht, und im Kampf um seine Kunst schien ihm jedes Verhältnis zum täglichen Leben verlorengegangen zu sein. Fieberhaft arbeitend, vergaß er Geselligkeit und Gespräch, versäumte Mahlzeiten, ließ sein Äußeres verwahrlosen und war bald genug vergessen. Indessen malte er verzweifelt. Er malte fast nichts andres als die Stunde der Dämmerung, das Untergehen der Formen, den Kampf der Umrisse mit der vernichtenden Finsternis.

Er malte eine kaum mehr sichtbare Flußbrücke, auf der eben die erste Laterne aufflammte. Er malte eine Pappel, die im Abenddämmern verschwand und nur noch mit dem äußersten Wipfel in den matten Spähimmel stand. Und schließlich malte er eine Vorstadtstraße bei Einbruch der Herbstnacht, ein ungemein schlichtes Bild von dunkler Gewalt. Damit wurde er bekannt, und von da an galt er für einen Meister, doch schien er sich wenig daraus zu machen.

Immerhin kamen nun öfters Menschen zu ihm, und da er kein Talent zum Grobsein hatte, geriet er langsam und mit Widerstreben allmählich wieder in eine kleine, doch recht auserlesene Geselligkeit, an welcher er meist schweigend teilnahm. Sein Atelier blieb für jedermann verschlossen. Nun war ihm vor einigen Wochen Lisa begegnet, und der schon ein wenig alternde Einsiedler hatte sich in die merkwürdige Schönheit mit später Leidenschaft verliebt. Sie war etwa fünfundzwanzigjährig, schlank und von ausgesprochen keltischer Schönheit.

So kühl und hochmütig die verwöhnte Sängerin war, das Außerordentliche dieser Liebe begriff sie doch und wußte es zu schätzen. Ein Mann mit berühmtem Namen, der für unnahbar und fast apathisch galt, war in sie verliebt.

Sie fragte ihn, ob sie sein Atelier sehen dürfe. Und er lud sie ein. Er empfing sie in dem Raum, den in zehn Jahren außer ihm und dem Diener niemand betreten hatte. Studien und Bilder, die er niemand gezeigt hatte, besah sie mit ihrem klugen, aparten, hochmütigen Gesicht.

»Gefällt Ihnen etwas davon?« fragte Brahm.

»O, alles.«

»Sie verstehen es? Ich meine, Sie begreifen, um was mir zu tun war? Es sind ja schließlich nur Bilder, aber ich habe mich viel damit geplagt ...«

»Die Bilder sind wundervoll.«

»Nun, die paar Bilder! Dafür, daß ein halbes Leben an sie verbraucht worden ist, sind sie recht wenig. Ein halbes Leben! Aber einerlei –«

»Sie können stolz sein, Herr Brahm.«

»Stolz? Das ist viel gesagt. Befriedigt sein wäre schon viel. Aber man ist nie zufrieden. Die Kunst befriedigt nie. Doch, wie gesagt, gefällt Ihnen etwas davon? Ich möchte es Ihnen nämlich gern schenken.«

»Was denken Sie? Ich könnte ja nicht –«

»Fräulein Lisa, alle diese Sachen hab' ich doch nur für mich selber gemalt. Es war niemand da, dem ich damit eine Freude hätte machen wollen. Und nun sind Sie da, und gerade Ihnen würde ich gern eine kleine Freude machen, ein kleiner Gruß – verstehen Sie – ein Künstler dem andern. Darf ich das wirklich nicht? Es wäre doch schade.« Verwundert gab sie nach, und noch am gleichen Tage schickte er ihr das Bild mit der Pappel, seinen Liebling.

Von da an verkehrte er bei ihr. Er besuchte sie je und je, und zuweilen bat er sie, ihm etwas zu singen. Dann war er einmal gekommen und in der Hilflosigkeit seiner Leidenschaft zudringlich geworden. Sie hatte die Entrüstete gespielt, er war darauf demütig und traurig geworden und hatte um Verzeihung gebeten, fast unter Tränen, und seither beherrschte und quälte sie ihn mit allen Launen einer Schönheit, die hundert Verehrer hat. Und seither wußte er, daß die, die er liebte, ihm nicht ähnlich war, nicht eine einfache und gute Natur wie er, nicht eine ehrliche und unverbogene Künstlerseele wie er, sondern ein Weib voll launischer Eitelkeit, eine Komödiantin. Aber er liebte sie, und mit jedem Flecken, den er an ihr wahrnehmen mußte, wuchs sein Schmerz, wuchs aber auch seine Liebe. Er mied sie zuweilen, aber nur um sie zu schonen, und behandelte sie im übrigen mit einer ungewandten, aber rührenden Rücksicht und Zartheit. Und sie ließ ihn warten. Während sie ihn im persönlichen Umgang sich fern hielt und quälte, behandelte sie ihn vor andern doch wie einen begünstigten Verehrer, und er wußte nicht, geschah das aus Eitelkeit oder aus uneingestandener Neigung. Es kam vor, daß sie in irgendeiner Gesellschaft unvermutet »lieber Brahm« zu ihm sagte, seinen Arm nahm und vertraulich mit ihm tat. In ihm stritt dann Dankbarkeit mit Mißtrauen. Ein paarmal tat sie ihm auch schön und sang ihm zu Hause vor. Dann hatte er, wenn er ihr die Hand küßte und Dank sagte, Tränen in den Augen. Das ging ein paar Wochen. Dann wurde es Brahm zuviel. Die unwürdige Rolle eines dekorativen Verehrers wurde ihm zum Ekel. Mißmut machte ihm die Arbeit unmöglich, und leidenschaftliche Erregung raubte ihm den Schlaf. Eines Herbstabends packte er Malgerät und Wäsche in einen Koffer und reiste am folgenden Morgen fort. In einem oberrheinischen Dorfe stieg er im Wirtshaus ab. Tagsüber wanderte er am Rhein entlang und auf den Hügeln umher, abends saß er am Wirtstisch vor einem Glas Landwein und rauchte eine Zigarre um die andre.

Nach acht und nach zehn Tagen hatte er noch immer nicht begonnen zu arbeiten. Dann zwang er sich und spannte eine Leinwand auf. Aber zwei, drei angefangene Studien warf er wieder weg. Es ging nicht. Die einseitige, asketische Hingabe an die Arbeit, das gespannte, einsame Lauern auf verschwimmende Linien, brechende Lichter, aufgelöste Formen, die ganze einsiedlerische Künstlerschaft vieler Jahre war erschüttert, unterbrochen, vielleicht verloren. Es gab nun andres, was ihn beschäftigte, andres, wovon er träumte, andres, wonach er begehrte. Es mochte Menschen geben, die sich teilen konnten, deren Fähigkeiten und Leben vielfältig war; er aber hatte nur eine Seele, nur eine Liebe, nur eine Kraft.

Die Sängerin war zufällig allein zu Hause, als Reinhart Brahm sich melden ließ. Sie erschrak, als er hereinkam und ihr die Hand entgegenstreckte. Er sah alt und vernachlässigt aus, und als sie seinem leidend glühenden Blick begegnete, sah sie ein, daß es gefährlich gewesen war, mit diesem Menschen zu spielen.

»Sie sind zurück, Herr Brahm?«

»Ja, ich bin gekommen, um mit Ihnen zu reden, Fräulein Lisa. Verzeihen Sie, ich hätte es gern vermieden, aber es geht nun doch nicht anders. Ich muß Sie bitten, mich anzuhören.«

»Nun denn, wenn Sie darauf bestehen. Obschon –«

»Danke. Meine Sache ist bald erzählt. Sie wissen, daß ich Sie liebe. Ich habe Ihnen früher einmal gesagt, daß ich nicht mehr ohne Sie leben könnte. Jetzt weiß ich, daß das wahr ist. Ich habe inzwischen den Versuch gemacht, ohne Sie zu leben. Ich kehrte zu meiner Arbeit zurück. Zehn Jahre lang, ehe ich Sie kannte, habe ich gemalt, nichts getan als gemalt. Das wollte ich nun wieder tun, still sein und malen, nichts denken und nichts begehren, als Bilder zu malen. Und es ist nicht gegangen.«

»Nicht gegangen?«

»Nein. Es fehlte am Gleichgewicht, verstehen Sie. Früher war das Malen mein Einziges, meine Sorge und meine Liebe, meine Sehnsucht und meine Befriedigung. Es schien mir, mein Leben wäre schön und reich genug, wenn es mir gelänge, noch eine Anzahl Bilder von der Art zu malen, die kein andrer machen könnte. Darum war meine Arbeit gut. Und jetzt geht mein Verlangen nach anderem. Jetzt weiß ich nichts zu wünschen als Sie, und es gibt nichts, was ich nicht für Sie gern hingäbe. Darum bin ich nochmals gekommen, Lisa. Wenn Sie mir gehören wollten, wäre mir das bißchen Malerei einerlei. – Geben Sie mir also eine Antwort! So wie es war, kann es nicht bleiben. Ich biete mich

Ihnen an, wie Sie mich wollen. Wenn Sie nicht heiraten mögen, dann ohne Heirat. Das liegt bei Ihnen.«

»Also ein Heiratsantrag!«

»Wenn Sie wollen, ja. Ich bin nicht mehr jung, aber ich habe nie in meinem Leben geliebt. Was ich von Wärme und Sorge und Treue zu geben habe, gehört Ihnen allein. – Ich bin reich. –«

»O –«

»Verzeihen Sie. Ich meine nur, ich brauche nicht vom Malen zu leben. Lisa, verstehen Sie mich wirklich nicht? Sehen Sie nicht, daß ich mein Leben in Ihre Hand lege? Sagen Sie mir ein Wort!«

Es entstand ein peinliches Schweigen. Sie wagte nicht, ihn anzusehen, sie hielt ihn für halb krank. Endlich redete sie, schonend und freundlich. Aber er verstand beim ersten Wort. Sie stellte ihm vor, wie sehr er sie überrascht habe, wie wichtig seine Frage auch für ihr ganzes Leben sei, sie redete ihm zu wie einem ungestümen Knaben, dem man einen Herzenswunsch nicht mit einem Wort abschlagen will. Er lächelte.

»Sie sind so gütig«, sagte er. »Nicht wahr, Sie haben Angst für mich, und auch ein wenig Angst vor mir?«

Betroffen sah sie ihn an. Er fuhr fort.

»Ich danke Ihnen, Fräulein Lisa. Sie wollten nicht so geradezu Nein sagen. Aber ich habe schon verstanden. Also danke schön, und leben Sie wohl!«

Sie wollte ihn zurückhalten.

»Nein«, sagte er, »lassen Sie nur! Ich gehe nicht, um Gift zu nehmen. Wirklich nicht. Leben Sie wohl!«

Sie gab ihm die Hand. Er hielt sie fest, führte sie an die Lippen, ohne sich zu bücken, besann sich einen Augenblick, gab sie dann plötzlich frei und ging hinaus. Im Gang gab er sogar dem Mädchen ein Trinkgeld.

Brahm hatte nun eine schwere Zeit. Er wußte genau, daß nur Arbeit ihn ins Leben zurückführen konnte, aber lange Zeit verzweifelte er daran, je wieder die selbstlose Vergessenheit seiner guten Jahre zu gewinnen. In jenem Dorf am Oberrhein hatte er sich eingemietet und strich in der Gegend umher, sah immer wieder in den vom Herbstnebel bis zur Unwirklichkeit verwischten Uferstrichen und Baumgruppen künftige Bilder und konnte doch keine paar Stunden stillsitzen und das vergessen, was er durchaus vergessen wollte. Gesellschaft hatte er nicht, er hätte bei seinen sonderlinghaften Einsiedlergewohnheiten auch nichts mit ihr anzufangen gewußt.

Eines Abends, nachdem er in trostlosem Hinbrüten seine gewohnte Flasche Wein getrunken hatte, fürchtete er das frühe Zubettgehen und ließ sich, ohne viel dabei zu denken, eine zweite Flasche geben. Mit schweren Gliedern legte er sich dann ziemlich berauscht nieder, schlief wie ein Stein und erwachte spät am andern Tage mit einem sonderbar ungewohnten Gefühl müder Willenlosigkeit, das ihn den halben Tag verträumen ließ.

Zwei Tage später, als das alte Leidwesen wieder mächtig werden wollte, probierte er dasselbe Mittel, und dann mehrmals wieder. Eines Tages spannte er, trotz der nassen Kühle, draußen eine neue Leinwand auf. Eine Reihe Studien entstand. Große Pakete aus Karlsruhe und München kamen an, Sendungen von Kartons, Holztafeln, Farben. Innerhalb sechs Wochen wurde nahe beim Stromufer ein primitives Atelier gebaut. Und bald nach Weihnachten war ein großes Bild fertig, »Erlen im Nebel«, und gilt jetzt für eines der besten Werke des Malers.

Auf diese erregte, köstlich fieberische Arbeitszeit folgte ein Rückschlag. Tagelang trieb sich Brahm draußen herum, bei Schnee und Sturm, um schließlich irgendwo in einer Dorfschenke nach einer stillen Zecherei betrunken ins Bett geschafft zu werden. Tagelang lag er auch im Atelier auf ein paar Decken, mit wüstem Kopf und voll Jammer und Ekel.

Aber im Frühjahr malte er wieder.

So trieb er es nun Jahr um Jahr. Öfters gelang es ihm, wochenlang müßig zu sein und doch zu arbeiten. Dann kam wieder ein Umfall. Und schließlich brachte er einmal, nach einem zornig vertrunkenen Tage, eine kalte Märznacht auf dem freien Feld zu, erkältete sich schwer und starb einsam und schlecht verpflegt. Er war schon begraben, als auf die Notiz einer Zeitung hin ein Verwandter hergereist kam, um nach ihm zu sehen. Unter den Bildern, die er hinterließ, war ein merkwürdiges Selbstporträt aus seiner letzten Zeit. Ein gründlich und rücksichtslos studierter Kopf, häßlich verwahrloste Züge eines alternden Trinkers, leicht grinsend, und ein unentschlossen trauriger Blick. Aus irgendeinem Grunde hatte Brahm jedoch über das fertig ausgeführte, gewiß nicht ohne peinliche Selbstironie gemalte Bild kreuzweis zwei dicke rote Pinselstriche gezogen.

(1906)

Wärisbühel

Hawang ist ein kleines Dorf, von dem man nie gehört hätte, wenn nicht neuerdings eine große Dampfziegelei dort entstanden wäre. Diese Ziegelei war auch schuld, daß die von Bitrolfingen nach Kempflisheim führende Lokalbahn schließlich bis Hawang weitergeführt wurde. Und da ich früher eine Vorliebe für kleine Orte hatte, die am Ende von unbekannten Lokalbahnen liegen, traf ich eines Tages gegen den Sommer hin in Hawang ein, mietete bei Bauern eine Kammer und richtete mich aufs Bleiben ein. Ich wollte ein Werk schreiben, das nur in der Stille und Ungestörtheit eines solchen Landaufenthaltes gedeihen konnte, und dessen verschiedene Dispositionen und Anfänge ich heute noch als ein Andenken an schöne Jugendjahre aufbewahre.

Natürlich zeigte es sich bald, daß auch Hawang nicht der Ort war, an dem mein Werk fertig werden konnte. Aber sonst gefiel mir die Gegend, und da das Einpacken, Aufbrechen und Abschiednehmen immer eine unerfreuliche Sache ist, blieb ich fürs erste, wo ich war und beschloß, in Hawang um einen schönen Sommer älter zu werden. Ich lag viel am Waldrand und sah den Bauern bei den Juniarbeiten zu, fischte heimlicherweise im Tälisbach, besah mir den Betrieb der Dampfziegelei und erzählte abends den müden Hausleuten von meinen Reisen und Plänen, bis sie es satt hatten und nicht mehr zuhörten.

Alsdann entstand eine Zeit der Langeweile. Wenn ich morgens aus dem Bett war, so um 7 Uhr, wanderte ich durchs Dorf und besann mich lange, welchen Weg ich einschlagen solle. Manchmal ging ich dem Wald zu bergan, manchmal links talabwärts gegen die Ziegelei, manchmal talauf um zu angeln, und zuweilen kehrte ich auch am Ende der Dorfstraße wieder um, ging heim und setzte mich in den Obstgarten, wo ich die kleinen, grünen Äpfel im Laube reifen sah und die Bienen und Hummeln im Kraut summen hörte. Einigemale ging ich auch zum Bahnhof, einem drei Meter langen Gebäude aus Wellblech, sah den einzigen täglichen Zug ankommen und abfahren, jemand aussteigen oder niemand aussteigen, wie es sich traf, und gerade hier am Bahnhof überkam mich das Bewußtsein der Langeweile am meisten. Einst fing ich ein Gespräch mit dem Vorstand an, erfuhr die Frachttarife der Bahn und die Entfernungen aller Stationen in Kilometern und fragte schließlich, nur weil der Tag so lang war und ich die Unterhaltung nicht schon wieder eingehen lassen wollte, ob es auf dieser Bahn auch Abonnementsbillette gebe. Der Stationsvorsteher gab mir genaue Auskunft. Es gab Billette von hier nach Bitrolfingen, die für vierundzwanzig Fahrten galten und so und so viel kosteten. Die Ermäßigung gegenüber den gewöhnlichen Billetten war, wie mir der Vorstand ausrechnete, ganz bedeutend, und jeder, der hier wohnte und zuweilen in Bitrolfingen zu tun hatte, besaß selbstverständlich ein solches Abonnement. Ich weiß nicht mehr genau, wie es ging, aber am Ende fühlte ich, schon weil ich den höflichen Beamten so lange in Anspruch genommen hatte, die Verpflichtung, mir ein Abonnement zu kaufen. Und nun konnte ich jeden Tag, wenn ich Lust hatte, nach Bitrolfingen fahren, nur heute nicht mehr, denn der Zug war schon abgegangen.

Am folgenden Mittag erschien ich mit dem angenehmen

Gefühl, etwas zu tun und ein Ziel vor mir zu haben, auf dem Bahnhof und wartete auf die Abfahrt des Zuges. Reisende waren außer mir nicht da, aber es wurden zwei Wagen Ziegel angehängt, und nachdem mein Wagen schön von der Mittagssonne durchwärmt war, fuhren wir mit Getöse ab. Der Schaffner erschien sogleich, machte das erste Loch in meine gelbe Abonnementskarte und ließ sich, da ich nun Stammgast war, in ein Gespräch mit mir ein, das mich bis Kempflisheim aufs beste unterhielt. Dort hielten wir eine Rast und nahmen zwei Passagiere auf. Der eine schlief sogleich in seiner Ecke ein. Der andere, den ich auf einen Viehhändler taxierte, nahm den Schaffner in Beschlag, und dieser ging, meiner nicht mehr achtend, auf die Unterhaltung mit dem älteren Stammgast so eifrig ein, daß ich die Hoffnung aufgab, ihn nochmals an mich zu fesseln, und zum Fenster hinausschaute.

Da lernte ich mancherlei Neues kennen. Die Namen der Stationen bis Bitrolfingen, deren nicht wenige sind, könnte ich jetzt noch auswendig hersagen. Die Bahnhöfe waren zum Teil auch wieder aus Wellblech, doch gab es auch drei steinerne, namentlich den von Wärisbühel, von dem noch zu reden sein wird. Allmählich wurde unser Wagen recht voll, doch setzte sich niemand zu mir, da ich fremd war, und ich fuhr fort, die Fluren, Wälder und Ortschaften anzuschauen. Bei jedem Bahnhof stand ein Wirtshaus, und an jedem hing dasselbe Schild »Gasthaus zur Eisenbahn«. An jeder Station war ein Vorstand mit roter Kappe, und hinter der kleinen, staubigen Fensterscheibe seines Quadratmeterstübleins sah man einen Telegraphenapparat: ein Messingrädchen mit einem unendlichen, schmalen Papierstreifen darüber.

Ich sah viel auf dieser Fahrt, was ich nicht alles beschreiben kann. Einiges habe ich wieder vergessen, anderes sitzt schon locker und wird wohl mit der Zeit auch verstauben und versinken – eins aber habe ich nicht vergessen und werde es wohl auch nie vergessen. Das ist der Bahnhof von Wärisbühel.

Dieser Bahnhof fiel schon dadurch auf, daß er aus Stein gebaut war und nicht nur ein Erdgeschoß wie die andern, sondern ein oberes Stockwerk mit vier Fenstern besaß. Unten stand der Vorstand, hinter seiner Glastür glänzte geheimnisvoll das kleine Messingrad, neben der Tür hing ein Briefkasten und darunter saß am Boden ein kleiner Bub mit einem weißen Spitzerhund. Dies alles nahm ich aber nur mit einem flüchtigen Blick wahr. Dann wandte ich den Blick nach oben, wo die vier Fenster lachten. Es war eine Freude, sie zu sehen, auf jedem der Simse standen wohl sechs grüne Töpfe, und daraus hingen ganze Mengen von Nelken herunter, in allen Farben, namentlich aber weiße und rote. Man meinte sogar, durch die staubige, dicke Bahnhofsluft ihren Duft zu spüren.

Es war das Hübscheste, das ich auf der ganzen Fahrt gesehen hatte. Seit einigen Stationen war eine gewisse Schwere und Beklemmung über mich gekommen, welche der in Hawang zurückgelassenen Langeweile unheimlich ähnlich sah, und ich hatte mit Kummer an die dreiundzwanzig Billette gedacht, die ich noch zu verfahren hatte. Beim Anblick des stattlichen Bahnhofs und der nelkengeschmückten Fenster nun stieg wieder Freude und Lebenslust in meiner Seele auf, ich spann menschenfreundliche Phantasien und gab nichts mehr verloren.

Und wie denn eine Freude selten allein kommt, ging mir

auch hier hinter dem Nelkenwunder noch ein anderer Zauber auf, obwohl es eine gute Weile dauerte, bis ich ihn entdeckte. Zum Glück hielten wir an dieser bedeutenden Station über eine Viertelstunde, und nachdem ich mein Auge mit Muße an den lieben Blumen gelabt hatte, tat sich mir noch etwas Schöneres kund. Nämlich im dritten Fenster, halb hinter den Blumentöpfen verborgen, stand geheimnisvoll in der dunklen Stube ein schönes Mädchen mit schwarzem Haar und hellen Wangen, die schaute aufmerksam und neugierig zu uns herunter. Das liebe Kind, dachte ich, da steht sie nun und schaut herab, vielleicht bei jedem Zug, und langweilt sich und sucht ein neues Gesicht und einen kurzen Schimmer von draußen, um nachher den langen stillen Tag daran zu denken und etwas zum Sinnen zu haben. Sie gefiel mir und tat mir leid, obwohl ich nichts von ihr wußte, und ich hatte mein Vergnügen daran, wie sie hinter ihrem hängenden Gärtlein hervorschaute.

Indem fiel ihr Blick auch auf mich, und ich zog den meinen bescheiden zurück, wagte aber nach einiger Weile doch wieder hinzusehen, und da stand sie immer noch und sah mich an, gerade mich, und ich konnte nicht gleich wieder wegsehen, sondern sah ein paar Sekunden lang gerade in ihre dunklen Augen hinein. Sie blieb regungslos stehen und hielt den Blick aus, ohne zu blinzeln, so daß ich der erste war, der verlegen ward und wegschaute. Da fuhr auch der Zug wieder munter davon und tat eilig, und ich saß still auf meinem Bänklein und dachte lauter schöne Sachen. Der Tag und die Fahrt und das Abonnement freute mich jetzt wieder. Ich besann mich, ob ihr Haar schwarz oder vielleicht doch nur braun gewesen sei, und dachte mir aus, was sie jetzt wohl tun möge, etwa die Blumen gießen und einen

Strauß davon auf ihren Tisch stellen, wo sie ihre Nähsachen und kleinen Besitztümer hat, ein Buch und ein paar Photographien, ein Nadelbüchslein aus Elfenbein und einen Mops oder Löwen aus Marmorstein.

Stationen gingen vorüber, und ich merkte es kaum, als wäre es ein Schnellzug. Am Ende kamen wir nach Bitrolfingen und mußten alle aussteigen. Da hatte ich drei Stunden Zeit, mir das Städtlein anzusehen, ein Bier zu trinken und zu erfahren, daß die Sakristei mit den alten Schnitzereien heut geschlossen und der Mesner nicht zu Hause sei. Was lag daran, ich würde ja bald wieder herkommen. Mein Bier trank ich in einem Wirtsgarten unter runden Kastanienkronen, und um die Heimkehr nicht zu versäumen, ging ich zeitig zum Bahnhof zurück, wo ich durchs Fensterlein dem Beamten beim Telegraphieren zusah. Doch merkte ich bald, daß hier die Verhältnisse großartiger waren. Der Vorstand schickte mehrmals unwillige Blicke heraus, da mein Zuschauen ihn ärgerte, und da ich noch stehen blieb, riß er das Fenster auf und rief: »Was gibt's? Wollen Sie ein Billett? Der Zug geht erst in einer halben Stunde!«

Ich zog den Hut und sagte: »Nein, danke. Ich habe ein Abonnement.« Da wurde er höflicher und duldete mich weiter am Fenster, während er seinen Papierstreifen punktierte. Die Zeit verging, man konnte einsteigen. Es wurde schon abendlich, als wir dahinfuhren, aber die Tage sind im Juni lang, und als wir nach Wärisbühel kamen, stand noch immer die Sonne am Himmel und schien gar golden und warm auf die Bahnhoffenster und die farbigen Nelkenstöcke. Das Mädchen, nach dem ich diesmal ohne Zeitversäumnis ausschaute, war nicht da, und da schien mir der ganze Glanz überflüssig und verschwendet. Aber gerade als es vorne wieder schnob und zischte, und der Schaffner, dem nahen Feierabend entgegen, mit verdoppeltem Eifer die Türen zuschlug, da erschien am dritten Fenster groß und schön das dunkelhaarige Mädchen, lächelte auf den abdampfenden Zug herunter und machte das Freudenflämmlein in mir wieder hoch aufgehen. Mir schien diesmal, ihr Haar sei doch nicht ganz schwarz, sondern habe einen hellen, ja fast goldenen Schein in sich verborgen, doch mochte das auch vielleicht nur von der Abendsonne herkommen.

Zufrieden mit meiner Reise und dem so hingebrachten halben Tag kam ich in Hawang an, wo ich wieder der einzige Fahrgast war und vom Vorstand mit einer ermunternden Art von Kollegialität begrüßt wurde, als hinge ich durch mein Abonnement nun nahe mit dem Eisenbahnwesen zusammen. Daheim in meiner Bauernkammer sah mich alles ein wenig trostlos an, als sei ich recht lange Zeit fort gewesen, und vor dem Einschlafen nahm ich mir vor, am anderen Tag wieder nach Bitrolfingen zu reisen. Dann wäre vermutlich die Sakristei mit den kunstgeschichtlichen Raritäten geöffnet, das Bier würde unter den schattigen Kastanien wieder vortrefflich schmecken, der dortige Bahnbeamte würde den Stammgast in mir erkennen und freundlicher sein, mir vielleicht sogar das Telegraphieren zeigen, worauf ich längst neugierig war. Möglicherweise würde auch in Wärisbühel das Fräulein wieder hinter den Nägelein stehen, auf alle Fälle aber würden die Nelken da sein, und die Fahrt kostete mich ja gewissermaßen nichts.

Dennoch aber blieb ich den anderen Tag in Hawang. Es war mir eingefallen, jenes Fräulein könnte doch am Ende finden, ich komme ihretwegen schon wieder, und möchte beleidigt sein oder mich sonst falsch beurteilen. So blieb ich denn da, besuchte die Dampfziegelei und lag den Nachmittag mit einem Reclamheftchen im Heu, bis der Hunger mich ins Dorf trieb.

Am nächsten Mittag jedoch schien mir die Reise doch angängig. Ich konnte ja, falls das schöne Mädchen kein freundliches Gesicht machte, mich in den Wagen zurückziehen und sie nur verstohlen betrachten. Auch wollte ich nun die Altertümer von Bitrolfingen entschieden einmal sehen und auch sonst die Gelegenheit benutzen, mit meinem Billett diese Gegend recht kennen zu lernen und mancherlei Beobachtungen und Studien zu machen. Darum reiste ich mit gutem Gewissen ab, sah den Schläfer und den Viehhändler und die meisten anderen Mitreisenden von vorgestern wieder einsteigen, gab dem Schaffner eine Zigarre und fühlte mich in dem Zug schon recht eingebürgert und zugehörig. Etwas vor Wärisbühel stellte ich mich auf die Lauer und sah bald das steinerne Gebäude, den Briefkasten und die Blumenfenster auftauchen, wo ich mir im Herzen eine kleine Heimat und Gedankenherberge errichtet hatte. Auch wich ich gar nicht vom Platz, als an ihrem alten Orte das Mädchen erschien und sich den Zug ansah. Sie schaute zuerst nach dem kleinen Coupé im vorderen Wagen, unserer zweiten Klasse, die jedoch leer war, dann nach unseren Fenstern, und da entdeckte sie mich richtig, sah mir wieder ins Gesicht, und mir schien, sie habe ein ganz kleines, schönes Lächeln darin aufgetan, das ich zwar keineswegs auf mich beziehen durfte, das ich aber als ein schönes und fröhliches Ereignis in der Stille unbedenklich mitfeierte. Sie stand wieder etwas in der Stube zurück, daß nicht jeder sie sehen konnte, und ihr Haar sah jetzt wieder völlig schwarz aus, auch die Augen im hellen, blassen Gesicht dunkelten tief. Im Abfahren schaute ich immer noch hinauf und behielt sie im Auge, und auch sie blieb stehen, und ich sah sie noch, als sie schon ganz klein und undeutlich wurde. Mir kam es vor, sie lächle jetzt überaus lieb und herzlich, gerade auf mich zu, doch war das mehr ein Spiel meiner Einbildung als Wahrheit, denn ihr Gesicht war in solcher Entfernung nur noch als ein lichter Fleck zu erkennen.

Da ich nicht wußte, wie sie hieß, und mich auch nicht getraute, jemand zu fragen, konnte ich mich auf der ganzen Fahrt darüber besinnen und schöne Namen für sie ausdenken. Hedwig schien mir anfänglich das Richtige und Schönste, doch sah ich bald wieder ein, daß Gertrud doch weit schöner und passender war, und nun hatte sie bei mir den Namen Gertrud, und wenn ich zu meinen Gedanken von vorgestern die heutigen Vorstellungen und den Namen tat, so hatte ich von der Unbekannten schon ein recht gutes Bild.

In Bitrolfingen sah ich die Sakristei und die alten geschnitzten Stuhllehnen und gemeißelten Grabtafeln verwichener Herren und Kleriker, hielt jedoch nicht allzu lange dabei aus und war beizeiten wieder auf der Station, wo unsere Lokomotive geölt wurde und Wasser bekam. Der Vorstand erwiderte meinen Gruß höflich und fragte sogar, ob ich aus Wärisbühel komme. Als ich sagte, nein, aus Hawang, rühmte er die Entwicklung der dortigen Ziegelei und sprach die Vermutung aus, ich sei dort angestellt. Ich ließ ihn bei diesem Glauben, der mir nur förderlich sein konnte, und da ich in den Zug stieg, war mir's, als täte ich das schon zum hundertsten Male, und als hätte ich wirklich auf der Lokalbahn und in der Gegend etwas zu suchen.

Die Sonne schien abendlich und golden über die Wiesen und roten Dächer, als wir nach Wärisbühel kamen, der kleine Bub war auch wieder da, diesmal ohne den Spitzerhund, und droben stand schon wartend das Mädchen, hatte einen Sonnenstrahl in den Haaren und auch einen Abglanz davon auf dem Gesicht, so daß ich sie recht deutlich betrachten konnte. Ich schätzte sie auf zwanzig Jahre. Und dieses Mal war es keine Einbildung – als der Zug anzog und ins Rollen kam, glühte auf ihrem hellroten Mund ein klares, herziges Lächeln auf, und mit diesem Lächeln im Gesicht sah sie mir in die Augen, daß mir das Herz lachte und zitterte. Schau, dachte ich, sie kennt dich noch und nimmt dir nichts übel! Und es tat mir in der Seele wohl, daß ich mir nun vorstellen durfte, sie denke vielleicht auch an mich, wie ich an sie und mache sich Gedanken über den fremden jungen Mann.

Nun war ich also, wenn auch nicht zum erstenmale verliebt, und dieser Zustand gefiel mir äußerst wohl. Die Langeweile war vollständig vergangen, und ich schämte mich vor mir selber, daß ich in der schönen Gegend noch kürzlich so taub und faul umhergetrottelt war. Die Wälder lagen jetzt am Morgen so königlich und friedvoll hinter den hellen Feldern, wie der herrlichste Dichter es nicht sagen konnte, und die Berge in der Ferne schauten so still und gedankenvoll herüber, daß ich beständig zu schauen und zu denken hatte und mir der nächste Tag schnell und leicht verging wie noch keiner in diesem Dorf. Überall war Gottes Schöpfung am Werk und alles glänzte von Licht und Lebenswonne.

Dennoch genügte die Pracht mir nicht lange, und ich fuhr schon nach zwei Tagen wieder den alten Weg. Ja, sie war am Fenster, und wenn ich recht sah, so hatte sie beinah auf mich gewartet und war nun froh, mich wiederzusehen. Wenigstens machte sie ein stilles Freudengesicht und sah mich aus den dunklen Augen auf eine solche Weise an, daß es mir über die Haut ging, wie wenn sie mir einen Kuß gegeben hätte. Und kaum hatte ich das gedacht, da stach mich auch schon die Lust, und ich nahm mir im Herzen vor, früh oder spät von diesem schönen Geschöpf einen Kuß zu erhalten, was mir als äußerster Hort der Seligkeit und dennoch vielleicht nicht allzu kühn gewünscht erschien. Von einem schönen, ernsthaften Mädchen auf den Mund geküßt zu werden, das war mir immer schon als ein wunderlicher Traum vor der Seele gestanden, doch hatte es sich nie ereignen wollen. Jetzt aber schien mir alles möglich, und ich empfand, daß diese Sache im Begriff war, ein richtiges Abenteuer zu werden. Wohl hätte ich ihr gleich jetzt zunicken oder heimlich winken können, doch schien mir das immerhin viel gewagt, und ich beschloß die Rückfahrt abzuwarten und mir diesen Schritt bis dahin zu bedenken.

Damit hatte ich für die Fahrt und für den Aufenthalt in Bitrolfingen und noch für die Rückreise genug zu sinnen, und am Ende blieb es bei dem Entschluß, sie heute durch irgendein Zeichen oder Winken zu grüßen. Wenn sie dann Antwort gab, so war es gut, und ich konnte weiter sehen, wenn nicht, so konnte sie mich eben nicht leiden, und ich mochte dann weitere Jahre ungeküßt herumlaufen.

Es gelang mir auch, den Entschluß auszuführen. In Wirklichkeit hatte ich kaum die Gertrud erblickt, so nickte ich ihr zu und machte eine grüßende Bewegung mit der Hand. Es geschah beides sehr vorsichtig und wenig deutlich, doch entging es ihr nicht, und sie gab zu meiner Freude Antwort, indem sie lächelte und zweimal mit dem Kopfe nickte.

Nun wäre ich am liebsten sofort ausgestiegen und durch die Tür und die Treppe zu ihr hinauf gesprungen. Ich schaute ihr nochmals fragend ins Gesicht, und sie steckte abermals ihr leuchtendes Lächeln wie eine festliche Freudenfahne aus. Da verbreitete sich die Gewißheit, daß sie mich wohl leiden und meine Verehrung gerne dulden möge, über mein Gemüt wie ein herzhafter Morgenschein, und ich war bereit, auf ihren Wunsch mich unter die Räder zu legen. Indem fuhr der Zug wieder ab, ich nahm mit einem stillen Gruße Abschied und reiste durch die Abendpracht heimwärts wie durch ein verklärtes Land.

Das war eine schöne Stunde, wohl eine von den schönsten, an die ich zu denken weiß. Sie lachte in ihrem goldenen Schein, erwärmte mir das junge Herz und gab meinen Gedanken rosige Flügel, damit ich leicht und selig in alle Jugendparadiese flog. Und sie neigte sich, ohne daß ich dessen achtnahm, und war vorbei, ehe ich es wußte, wie jedes Glück.

Nun hatte das Abenteuer mich entzündet, und auf das stille Gefühl des Glücks und der Erfüllung folgte ein Plänebauen und Mehrbegehren und zugleich eine Angst und Verzagtheit, denn ich hatte in Liebessachen keinerlei Erfahrung. Zwei Tage gingen mir mit fruchtlosem Nachsinnen verloren. Mein Wunsch war, nun nach Wärisbühel zu fahren, dort auszusteigen und auf irgendeine Weise mit ihr zusammenzukommen. Ohne mir allzu kühne Hoffnungen zu machen, meinte ich doch es erleben zu sollen, daß mich ein schönes Mädchen freundlich empfange und mir einen Kuß gebe. Doch, sobald ich mir ausdachte, wie es alsdann wäre, wenn ich dort am Bahnhof stünde, wie ich zu ihr kommen und was ich zu ihr sagen solle, daß ihr Vater und vielleicht ihre Mutter da sein würden, dann stand alles wie ein Berg vor mir und erschien mir unmöglich. Auch meine Gewißheit verließ mich wieder ganz. Wohl hatte sie mir freundlich zugenickt und mich angelächelt, ja, aber was wollte das bedeuten? Am Ende hatte sie das schon manchem Vorüberreisenden getan, in aller Unschuld, und wenn ich nun käme und stünde da und begehrte mehr, wie würde das aussehen? Sie wußte ja nichts von mir, noch viel weniger als ich von ihr. War sie denn für meine frechen Träume verantwortlich? Ach, sie hatte mir gegeben, was sie gern gab, einen Gruß und einen Abglanz ihrer Lieblichkeit, und ich wollte jetzt kommen und Ansprüche machen!

Am dritten Tage wußte ich mir keinen Rat, als wiederum zu reisen. Dann konnte ich immer noch in Wärisbühel aussteigen oder weiterfahren, wie es sich gab. Unruhig ging ich an die Station und wartete den Zug ab. Ich stieg ein, der Schaffner grüßte vertraulich und machte mir ein neues rundes Löchlein in mein Abonnement, der Viehhändler kam auch wieder, und vor den Scheiben zogen die wohlbekannten Bilder vorbei, von denen mir immer eines glückbringend und das nächste verhängnisvoll vorkommen wollte.

Wir kamen am Ende, so lang es mir auch dauerte, nach Wärisbühel. Da wollte mir der Herzschlag stehen bleiben, als ich die Gertrud in einem braunen Kleid am Bahnhof stehen sah, eine große Tasche in der Hand, und bei ihr den

Vorstand und den kleinen Buben und eine kleine, magere Frau, wohl die Mutter. Sie und die Tochter waren in Reisekleidern, und das Mädchen hatte rote Augen und Tränen auf den Backen stehen.

Sie gab dem Vorstand einen Kuß in seinen blonden Bart und stieg mit der Mutter ein. Und sie stiegen in meinen Wagen, nahmen ganz in meiner Nähe Platz. Ich wagte nicht, sie anzusehen, bis der Zug im Fahren war, und sie aus dem offenen Fenster zurückwinkte. Da konnte ich sie betrachten und sehen, daß sie wahrhaftig wunderschön war. Ihre Haare waren dunkelbraun, und ihre Augen ebenso, aus den Abschiedstränen lächelte sie schon wieder mit demselben hellroten Munde, mit dem sie damals mir zugelächelt hatte. Sie setzte sich nun und plauderte mit der Mutter; mich sah sie nicht oder schien mich doch nicht zu kennen. Und ich hörte das halbe Gespräch, und daß sie wirklich die Tochter war, und dann sprach sie von einem Robert, und dann von ihrem Mann, und ich begriff allmählich, daß sie verheiratet und bei den Alten zu Besuch gewesen war.

In Bitrolfingen verschwand sie mit ihrer Mutter im Wartesaal, und zwar im Wartesaal zweiter Klasse, obschon sie in der dritten fuhr, und mir fiel ein, wie oft ich mich darüber geärgert hatte, Reisende der dritten Klasse im Wartesaal der zweiten warten zu sehen. Freilich war sie die Tochter eines Bahnbeamten.

Als ich das nächstemal denselben Weg fuhr, hatte ich meinen Koffer mit und reiste weiter, in eine andere Gegend. Das Abonnement hatte ich meinem Hauswirt geschenkt. Und es kamen andere Zeiten, ich vergaß das meiste, nur die Namen der Stationen nicht, und nicht die

Nelkenfenster. Ich blieb weiterhin ungeküßt, und wenn auch das inzwischen anders geworden ist, so wollte doch die schöne Gertrud und meine törichte Reisephantasie nicht ganz aus meiner Seele weichen, sondern blieb verborgen darin wohnen und sieht mich noch heute zu manchen Stunden fast wie eine wirkliche Jugendliebe und wie ein wirkliches Jugendglück an.

(1909)

Nachwort

1995 erschien in der Reihe der suhrkamp taschenbücher eine thematische Auswahl von Hermann Hesses Erzählungen unter dem Titel »Liebesgeschichten«. Da diese Sammlung aus Umfangsgründen nicht mehr als 350 Seiten umfassen durfte, mußten einige der frühen Liebesgeschichten entfallen, die nun in diesem Band vorgestellt werden. Die bisher unbekannteste und überraschendste dieser Erzählungen ist der kleine, um die Jahrhundertwende entstandene Roman *Der Dichter. Ein Buch der Sehnsucht*, der sich als Handschrift in Hesses Nachlaß fand und erstmals vor zwei Jahren im Band *Jugendschriften* veröffentlicht wurde, mit dem die erste Gesamtausgabe der Werke Hermann Hesses einsetzt.

Ende Juli 1899 hatte Hesse seine Lehrzeit in der Tübinger Buchhandlung Heckenhauer abgeschlossen und war drei Monate später in die Schweiz übergesiedelt, um im vertrauten Basel, wo er von 1881 bis 1886 fünf Jahre seiner Kindheit verbracht hatte, eine Stelle als Sortimentsgehilfe der Buchhandlung Reich anzutreten. Denn von seinen ersten beiden Veröffentlichungen, dem gerade erst erschienenen Gedichtbändchen *Romantische Lieder* und der u. d. T. *Eine Stunde hinter Mitternacht* im neu gegründeten Verlag von Eugen Diederichs publizierten ersten Prosasammlung, konnte er nicht leben.

Schon kurz nach seiner Ankunft in der Grenzmetropole am Rhein fand der damals 22jährige Poet und Buchhändler Kontakt zu dem Basler Staatsarchivar und Geschichtsschreiber Dr. Rudolf Wackernagel (1855-1925) und seiner

Frau Bethli (1859-1931), in deren gastfreundlichen Häusern am Brunngässlein und ihrem Landsitz, dem Wenkenhof bei Riehen, er auf Verständnis und Zuwendung rechnen konnte und manche Sonntagabende verbrachte. Hier war es auch, wo er bei einem Hauskonzert mit Beethovens »Kreutzersonate« Elisabeth La Roche wiedersah, die Tochter eines seinen Eltern befreundeten Pfarrers, der er erstmals als Sechsjähriger bei einem Familienausflug auf den Rechtenberg bei Basel begegnet war. Inzwischen war sie zu einer 23jährigen »schlanken Botticelli-Schönheit« herangewachsen, in die sich Hesse sofort verliebte. Doch die Zuneigung des schüchternen jungen Dichters mußte unerwidert bleiben, weil die Pianistin zu diesem Zeitpunkt ihrem Begleiter auf der Geige Dr. Carl Christoph Bernoulli verfallen war. Das ist der biographische Hintergrund für die ersten beiden Geschichten des vorliegenden Bandes.

Was die Realität ihrem Autor nicht gewährte, erfüllte er sich in der Phantasie mit einem »Buch der Sehnsucht«. Er tat es auf eine so phantastisch-exzessive Weise, daß man begreift, warum er es nie veröffentlicht hat. Dennoch ist der kleine Roman für die kulturellen Strömungen des Fin de siècle und für Hesses Entwicklungsgeschichte ein bemerkenswertes Dokument, weil es deutlicher als sein erstes Prosabändchen *Eine Stunde hinter Mitternacht* zeigt, wie eigenständig er die neue Ästhetik rezipiert hat, die sich in England als Gegenströmung zum Puritanismus des viktorianischen Zeitalters herausgebildet hatte. Er selber, der aus einem protestantischen Pfarrhaus stammte und im sinnenfeindlichen Milieu des schwäbischen Pietismus aufgewachsen war, mochte darin eine ihm wahlverwandte Reformbewegung gewittert haben.

In Übereinstimmung mit den Idealen der an die Renaissance und Spätromantik anknüpfenden Präraffaeliten versucht sich der Dichter Martin einen Traum zu verwirklichen, der die Einheit von Körper und Geist, sakrale Ästhetik mit weltlicher Liebeskunst zu vereinbaren sucht. Die ernüchternden Realitäten des Alltags werden dabei entweder ausgeblendet oder harmonisiert. So erscheint der Violinvirtuose, der die historische Elisabeth bei der Aufführung der »Kreutzersonate« begleitet, nicht als unüberwindbarer Konkurrent um die Gunst der Geliebten, sondern als Martins bester Freund Burkhard, den er aber, sobald er sich der fiktiven Elisabeth zu nähern versucht, unter Androhung eines Duells von ihr fernzuhalten versteht. Damit wird der Weg frei für eine ersehnte Beziehung, worin er »allen Glanz eines künstlerisch geschaffenen Glücks« mit dem Rausch elementarer Sinnenfreude zu verbinden hofft.

Martin, der Dichter, ist kein armer Schlucker wie sein Autor, der sich mit einem Salär von monatlich 110 Franken als Buchhandelsgehilfe durchschlagen muß, sondern ein vermögender junger Ästhet mit Hausdiener, wie Hugo von Hofmannsthal, der Verfasser des *Tod des Tizian*. Auch war das eine bessere Voraussetzung, die berühmte Pianistin zu gewinnen, zumal sie mit ihm ein merkwürdig hochmütiges Elitebewußtsein und »einen starken Widerwillen gegen das gewöhnliche Leben« teilte, das beide als grau und langweilig empfanden. Selbst an einem so vornehmen Treffpunkt wie dem Luzerner Hotel »Schweizerhof« macht sich diese Aversion gegen alles Stil- und Geistlose bemerkbar, in dessen distinguierter englischer Tischgesellschaft sich die Pianistin und der Dichter vorkommen »wie zwei Paradiesvögel auf einem Hühnerhof.«

Um dieser Ansammlung »von Geld und Stumpfsinn« zu entkommen, hatte Martin in verwegener Vorausschau für sich und die noch ahnungslose Elisabeth ein einsames Chalet bei Vitznau gemietet, wohin er die Geliebte zu entführen gedenkt. Er will damit eines seiner Märchen wahr werden lassen, das er ihr einmal in Basel vorgelesen hatte. Es war die wildromantische und wohl vom *Ossian* des schottischen Dichters Macpherson (1736-1796) und der *Frithjofs-Saga* des schwedischen Romantikers Elias Tegnér (1782-1846) inspirierte Geschichte von einem wellenumbrandeten Lustschloß der Wikinger im Nordmeer, worauf sie mit ungewöhnlicher Anteilnahme reagiert hatte. Seine Hoffnung, damit einer uneingestandenen Sehnsucht Elisabeths entgegenzukommen, erfüllt sich. Denn so spröde sie sich zunächst gab und so schüchtern der Dichter ihr anfangs vorgekommen ist, erweist sich einmal mehr, daß Zurückhaltung und Hemmung die Leidenschaftlichkeit nicht ausschließen, sondern daß im Gegenteil die Emotion um so tiefer sein kann, je stärker sie sich zunächst verborgen hat. Und so glückt es den beiden, sobald das Eis gebrochen ist, zwei in jeder Hinsicht phantastische Sommermonate in Martins einsamen Chalet zu verbringen. Sie führen dort ein sinnenfrohes Traumleben, bei dem er ihr klassische und eigene Dichtungen vorliest, während sie auf dem Flügel improvisiert und ihm ihre, aber auch Kompositionen anderer vorspielt, die ihr Befinden beschwingen. Sie erfüllen sich damit das Ideal, Erotik mit geistigem Höhenflug und körperliche Schönheit mit der ästhetischen Perfektion ihrer Kunst zu verschwistern, nach dem Motto des Novalis: »Das Sinnliche muß geistig, das Geistige sinnlich werden.«

Ansteigend mit der Glut des Hochsommers vollzieht sich die Fieberkurve dieser Beziehung, bis sie im Herbst mehr und mehr verklingt und erlischt. Nachdem Elisabeth erotisch geweckt ist, tritt eine Wende ein. Das Sexuelle in ihrem Austausch beginnt zu überwiegen und die Balance zu produktiver Kreativität geht nach und nach verloren. »Damals war die Musik mein Herrgott und ich seine fromme Magd. Jetzt bin ich der Herrgott und meine Kunst soll mir tanzen,« sagt sie dem ernüchterten Dichter. Als er kurz darauf erfährt, daß sie plötzlich wieder eine Konzerteinladung angenommen hat und ihn auffordert, nun auch seinerseits das Abenteuer ihres gemeinsamen Sommers an die Öffentlichkeit zu tragen, es aufzuschreiben, zu publizieren und marktgerecht auszumünzen, empfindet er dies als einen Verrat an ihrem Erlebnis und ihren Idealen. Die Presse dagegen bejubelt Elisabeths plötzliche Wandlung zu extrovertierter Selbstdarstellung und kommentiert ihre Auftritte: »Anstelle der fast herben Klassizität ist ein bewegter hinreißender Vortrag getreten. Wir beglückwünschen die große Künstlerin zu einer neuen, glänzenden Epoche ihres Könnens.« Befriedigt, sich das Publikum erobert zu haben, kehrt Elisabeth nicht mehr zu Martin zurück. Er dagegen, zerknirscht über das Scheitern ihrer gemeinsamen Ambitionen, vernichtet seine Manuskripte und verschwindet spurlos im Hochgebirge.

Was der Dichter Martin sich versagte, die Geschichte seines Abenteuers mit Elisabeth darzustellen, hat der 24jährige Hesse durchgeführt in diesem zwar unveröffentlichten, jedoch in seinem Nachlaß aufbewahrten »Buch der Sehnsucht«. Es korrespondiert auf erstaunliche Weise mit der Geschichte »Die Juninacht« und den gleichfalls erst posthum aufgetauchten, nicht abgesandten »Briefen an Elisabeth« (SW 1, *Jugendschriften*, S. 422 und 484) und zeigt, wie vielfältig die Liebe zu Elisabeth La Roche in sein Frühwerk eingegangen ist, deren Spur man auch im *Hermann Lauscher* (1900), im *Peter Camenzind* (1903), bis hinein in die drei Fassungen des Musikerromans *Gertrud* (1906-1909) verfolgen kann. Noch 1907, längst verheiratet, klagt er in einem seiner letzten Elisabeth-Gedichte:

»Die Jahre sind vergangen,
Und ob sie wohl gelangen,
Es waren Jahre ohne dich.
Ich fand die Lust der Stunde
An mancher Frauen Munde,
Wenn ich sie nicht mit dir verglich.
Der selige Liebesgarten,
Den ich mit bittrem Warten
Mein Leben lang so heiß begehrt,
Liegt mit verschloßner Pforte.
Ach, jedem Liebesworte
Hast du mit strengem Blick gewehrt ...
Doch mag es noch geschehen,
Daß mir wie Frühlingswehen
In deinem Bild die Jugend naht.«

Die Erzählung sagt aber auch Charakteristisches aus über sein Verhältnis zum anderen Geschlecht sowie seine Furcht vor dem Konflikt zwischen Kreativität und partnerschaftlicher Hingabe. (Siehe u. a. das 1913 entstandene gleichnamige Märchen »Der Dichter«, SW 9, S. 42.) Durch nichts als Einbildungskraft nimmt Hesse in dieser nur zum kleinsten Teil auf Erfahrung beruhenden Geschichte eine Problematik vorweg, die ihm künftig in der Realität noch schwer zu schaffen machen wird. Und das Interessante dabei ist, daß er gewissermaßen blindlings das, was ihm unerreichbar erscheint, auch als unmöglich darstellt. Kaum etwas von dem, was in diesem »Buch der Sehnsucht« geschildert wird, hatte der junge Verfasser tatsächlich schon erlebt, so vital und schlüssig es passagenweise auch wirkt. Das mag Hesse dazu bewogen haben, in der gleichfalls unveröffentlichten Skizze »Die Juninacht«, die anfangs fast identisch mit dem »Buch der Sehnsucht« erscheint, nur die »authentischen« Teile zu verwenden, dort eines seiner frühen Elisabeth-Gedichte einzubeziehen, dagegen auf die letzten sechs »erfundenen« Kapitel des Romans zu verzichten.

Der leibhaftigen Elisabeth La Roche (1876-1965) ist dies alles verborgen geblieben. Erst 1927, aus der von Hugo Ball verfaßten frühesten Biographie über Hermann Hesse, erfuhr sie von ihrer Identität mit der Elisabeth des *Peter Camenzind*. Sie empfand dies als Indiskretion, konnte sich aber bei Hugo Ball nicht mehr beklagen, weil er, kurz nachdem das Buch erschienen war, starb. Wegen ihrer Affäre mit dem verheirateten Geiger C. C. Bernoulli war sie Ende 1901 von ihrer verwitweten Mutter als Musiklehrerin in ein englisches Pensionat geschickt und damit nicht nur dem Geiger, sondern auch dem Gesichtskreis des jungen Hesse entzogen worden. (Eine Konstellation, die der Dichter in der ersten Fassung seines *Gertrud*-Romans aufgegriffen hat.) Sie blieb zeitlebens unverheiratet und wirkte nach ihrer Rückkehr aus England fünfzig Jahre lang in München, Florenz und Basel als Tanzpädagogin und Choreographin. Dreimal in ihrem späteren Leben kam es noch zu kurzen Begegnungen mit dem inzwischen verheirateten Dichter, einem für beide erfreulichen Dialog, der bis zu seinem Lebensende auch durch eine sporadische Korrespondenz fortgesetzt wurde. In ihren noch unveröffentlichten Erinnerungen, die sie im Alter von 87 Jahren diktierte, vermerkt Elisabeth über ihre frühe Basler Zeit: »Es gab damals ein gastliches Haus in Basel, wie es heute keines mehr gibt und zwar bei Dr. Rudolf Wackernagel, dem Archivar. Das (seither abgerissene) Haus stand am Brunngässlein. Dort war eine Geselligkeit, wie man sie heute nicht wiederfindet. Der Gastgeber und seine Frau, von allen Frau Bethli genannt, hatte die Gabe, eine Menge Leute zusammenzubringen und doch unter denselben eine große Einheit zu schaffen. Man scharte sich meist um den Hausherrn, einen bedeutenden Gelehrten. Da er im Gehen sehr behindert war, blieb er den ganzen Abend ruhig in seinem Sessel sitzen und bildete so einen Mittelpunkt. Ich sehe noch seinen prachtvollen Kopf, die tiefliegenden, großen, blauen Augen, mit denen er sein Gegenüber zu durchleuchten schien. Man pries sich glücklich in seiner Nähe verweilen zu dürfen ... Es gab keinen Klatsch und kein flaches Gerede, auch wurde viel musiziert. Jungen Talenten bezeigte man großes Verständnis, indem man sie aufforderte aus ihren Werken vorzulesen oder vorzuspielen. Im Sommer bewohnten Wackernagels den kleinen Wenkenhof bei Riehen, ursprünglich ein Bauernhaus, das sehr schön ausgebaut worden war. Dort hinaus pilgerte man an schönen Samstagabenden oft in größerer Gesellschaft. Es war zu jener Zeit, daß ich mit Hermann Hesse wieder zusammentraf, von dem in der Familie Wackernagel schon viel die

Rede gewesen war. Aber ich hatte damals meinen Kopf und meine Gedanken immer noch [anderswo] und so war mein Interesse an Basler Bekanntschaften nicht sehr lebhaft.«

Zur selben Zeit, als sie diese Erinnerungen schrieb, im März 1963, ein Jahr nach Hesses Tod, verfaßte sie auch einen an ihn gerichteten dreiseitigen »Brief an den toten Freund« und bald darauf zwei wehmütige Gedichte an ihn. Das zweite davon, zur Wiederkehr seines Todestages im August, ruft die Erinnerung an den scheuen Verehrer aus der Zeit um 1900 zurück:

In memoriam Hermann Hesse

Du warst so verschlossen,
Die Miene verdrossen,
Ich konnte dich nicht verstehen.
Doch ich dagegen,
Ich war verwegen,
Mocht' deinen Kummer nicht sehen.
Ein Wort sprachst du nicht,
Dein strenges Gesicht,
Es kündete nicht die Spur.
So jung wir beiden,
Des mußtest du leiden
Und mir blieb es Ahnung nur.

Anlaß zur Niederschrift ihres »Briefes an den toten Freund« war ein Altersfoto von Hesse mit einem offenbar ungleich gewinnenderen Mienenspiel: »Was mich zum Schreiben beinah zwingt«, vermerkt sie in diesem Nachruf,

»ist ein ganz kleines Bild von Ihnen; es erschien vor einiger Zeit in einer illustrierten Zeitschrift und ich schnitt es aus, weil es mir von so vielen Bildern, die ich von Ihnen besitze, am allerbesten gefällt ... der Ausdruck des Gesichtes – ich glaube, wenn ich diesen Ausdruck damals, als wir jung waren, gesehen hätte, dann hätte ich wohl Ihre Zuneigung erwidern können.«

Dem Umstand, daß sie damals seine Liebe nicht erwidern konnte, verdanken wir einen beträchtlichen Teil von Hesses Frühwerk. Und so ist schließlich doch noch in Erfüllung gegangen, was er in seinem »Buch der Sehnsucht« erhofft: »Wenn ein Zufall meinen Namen andern Zeiten überliefert, so wird ihn der meiner Freundin und meiner Muse begleiten.«

Wenige Liebesgeschichten der Jahrhundertwende werden dem Motto dieses Bandes »Nur wer liebt, ist lebendig« so gerecht wie dieses bis vor kurzem unbekannt gebliebene Frühwerk Hermann Hesses. Es zeigt den vitalisierenden Antrieb der Liebe, ihre mitreißende, alle Hemmschwellen der Prüderie sprengende, phantasiebeflügelnde Dynamik.

Die nachfolgenden Geschichten enthalten keine ästhetenhaften Züge mehr. Ein Sprung in eine ganz andere Welt ist die Erzählung »Der Erfinder«. Sie spielt im Milieu von Hesses früherer Lehrzeit als Schlosser (1894/95). In der derb-deutlichen Sprache der Arbeiterschaft variiert sie jedoch eine ähnliche Problematik: die Angst vor einem zu frühen Arrangieren, Bescheiden und Genügsamwerden, die Befürchtung also, daß eine Liaison die Einfallskraft des Erfinders lähmen, ja sogar verhindern könnte.

Eine eindringliche Parabel über die Entstehungsbedingungen von Kunst ist auch die tragische Geschichte vom

»Maler Brahm«. Während die Episode »Wärisbühel« von einer trügerischen Blickbekanntschaft handelt, die dem Thema seinen Zauber bewahrt, ihm aber auch heitere Facetten abgewinnt.

Hermann Hesse selbst hat dreimal geheiratet, wobei erst die dritte Ehe von Dauer war, weil er in ihr die richtige Balance von Distanz und Nähe, die ihm als Dichter unentbehrlich schien, gefunden hat.

Frankfurt am Main, im Januar 2003

Volker Michels

Die schönsten Liebesgeschichten der deutschen Literatur

Geschichten von der Liebe

Ein Lesebuch · Ausgewählt von Heike Ochs
it 2891. 208 Seiten

Johann Wolfgang Goethe · Liebesgeschichten

Ausgewählt von Hans-Joachim Simm
it 2892. 144 Seiten

Heinrich von Kleist · Liebesgeschichten

Mit einem Nachwort von Klaus Müller-Salget
it 2893. 176 Seiten

Rainer Maria Rilke · Liebesgeschichten

Ausgewählt von Vera Hauschild
it 2894. 112 Seiten

Marie Luise Kaschnitz · Liebesgeschichten

Ausgewählt von Elisabeth Borchers
it 2895. 144 Seiten

Hermann Hesse · Liebesgeschichten

Ausgewählt von Volker Michels
it 2896. 192 Seiten

Robert Walser · Liebesgeschichten

Ausgewählt von Volker Michels
it 2897. 160 Seiten

NF 75/1/10.02